Hasta siempre
Diego

Hasta siempre Diego

Flavio Guerrero y Lanuza

Número de Control de la Biblioteca del Congreso de EE. UU.:   2013922738
ISBN: Tapa Dura   978-1-4633-7491-4

                    Tapa Blanda   978-1-4633-7493-8

                    Libro Electrónico   978-1-4633-7492-1

Para realizar pedidos de este libro, contacte con:
Palibrio LLC
1663 Liberty Drive
Suite 200
Bloomington, IN 47403
Gratis desde EE. UU. al 877.407.5847
Gratis desde México al 01.800.288.2243
Gratis desde España al 900.866.949
Desde otro país al +1.812.671.9757
Fax: 01.812.355.1576
ventas@palibrio.com
520011

ÍNDICE

DEDICATORIAS

Para mi esposa Laura, por ser el lienzo encomendado en donde deseo pintar con ternura una bella historia.

Para nuestros hijos y sus compañeros de viaje, Flavio, Gabriela, Joan, Bárbara, Martín, Roger y Annick, quienes son el motivo de nuestras alegrías.

Para mi nieto, que sin conocerlo y sabiendo que se llamará Diego, sabe cuanto lo quiero.

Para Martha Guzmán Villarreal por ser un manantial infinito de fortaleza.

Para Alejandra Silva Salcido quien con su excelente actitud, conocimientos y disposición me apoyó en las correcciones necesarias de este libro.

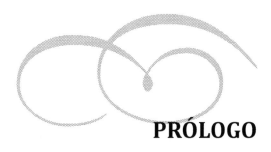

PRÓLOGO

Sé que estás a mi lado como siempre lo prometiste. Sé que eres el orfebre del tiempo que me enseñó a acreditar mi vida con el buen ejemplo de tu conducta. Siempre sabías lo que vendría y en toda ocasión fuiste pronosticador de cosas buenas.

Ahora me toca a mí abrir el espacio de estas líneas para que, con el correr del tiempo, la tinta dormida que aquí habita recobre vida y le diga al lector lo que un día me solicitaste: escribir bajo un título llamado prólogo.

"Hoy, querido hijo, me he enterado por tu breve ensayo que un día escribirás un libro, también sé que lo harás poniendo en él el corazón y que danzará tu esencia en cada línea. Cuando esto suceda, guarda para mí un espacio en tu libro para en él decirte cuánto te quiero."

Con todo mi cariño,
Tu papá.
Flavio Guerrero de la Paz.

¿CÓMO SE CONSTRUYE UN CUENTO?

Abrió las puertas de su corazón el abuelo y desplegó los balcones de su inmensa estancia para observar el instante en que se pinta el cielo con colores magenta, bugambilia, naranja, azul intenso, lila y gamas mezcladas de todos ellos. Le gustaba ver cómo el Gran Creador del universo pinta, en el lienzo azul del cielo, la despedida, en múltiples colores, del hermoso día que se está yendo.

La tibia tarde soltaba el racimo de agradables sorpresas que gustaban al abuelo, como ese preciso instante del último vuelo de las gaviotas antes de volver al nido, las tímidas luces del puerto despertando para habitar en la noche que está por llegar, el retorno de los navegantes a puerto, el viento cambiante que invita a dejar la playa o el ritmo indescriptible en que se va acomodando todo para sentir la satisfacción del deber cumplido de un día más.

Para aquel hombre soñador, dueño de la magia necesaria para narrar las historias simples de la vida con el sabor rico de la ternura en sus palabras, el sublime momento del atardecer se volvía un especial y gentil heraldo de lo que traería el largo fin de semana. Esos instantes tenían un encanto especial, eran los futuros momentos en donde su nieto de cinco abriles le visitaría por algunos días, mientras los padres del niño tomaban esas necesarias y merecidas vacaciones. El abuelo sabía que en breve nacería la convivencia con un ser que tiene la valentía de Don Quijote, la osadía del Rey Arturo, la magia de Julio Verne, la energía de un gigante y la ternura dibujada en sus ojos, como la obra maestra de Miguel Ángel.

El abuelo ya conocía los tiempos en que se daba cada encuentro con su nieto. A las seis de la tarde abría el balcón de su estancia, durante treinta minutos atendía extasiado los cambios que sufría el atardecer y a las seis y media su vista y atención no se despegaban de aquella cuesta cuajada de flores por donde los padres de su nieto bajarían en aquel automóvil blanco que un día sería de Diego. En ese preciso momento el abuelo tenía treinta minutos para bajar hasta la reja, tocar tres veces la campana y gritar con voz llena de alegría: ¡Bienvenidos a bordo familia, aquí el capitán les espera!

Aquella rutina le encantaba a Diego, sus ojos brillaban de alegría cuando veía al abuelo, especialmente al verlo exactamente como un gran capitán, comandando un inmenso barco, tan grande como lo era la casa del abuelo y tan lleno de momentos bellos que seguro no encontraría en otro lugar.

–Hola papá, –dijo el hijo del abuelo, —¿cómo estás? No me digas. Tu fuerte abrazo y esta inmensa sonrisa nos dice que estás estupendamente y eso nos da mucho gusto; verte pleno, lleno de vida y siempre con esa genial actitud del gran capitán que en verdad eres.

El abuelo, sonriendo, abrazó al hijo, al nieto y a la mamá de Diego, la cual era como una hija para él.

–¿Cómo está la abuela Laura?

–Realmente está muy bién, sigue igual de hermosa, volviendo perfecto cuanto toca. Es por ello que le doy abrazos a toda hora, –dijo el abuelo, –tal vez me quite lo imperfecto.

–¡Abuelo! –exclamó Diego, –pero si también tú estás muy bonito.

–Gracias, Diego, por eso me encanta que estés en casa, reconozco que eres un niño muy inteligente.

–Papá, te dejamos a tu nieto durante este largo fin de semana. Gracias por existir, papá, te damos un beso. Diego, te dejamos a tu abuelo, cuídense mucho.

La madre de Diego, al abrazar al abuelo, dulcemente le dijo:

–Abuelo, no sé por qué cuando dejo a mi hijo por unos días siento que algo puede pasar, no sé qué me sucede. Una parte de mí dice lo bien que cuidas a tu nieto y la otra me recuerda lo inquieto que es mi hijo.

El abuelo, sin despegarse de aquel abrazo, al oído, dulcemente, contestó:

–Los pensamientos son como un río caudaloso, lo importante es encontrar el manantial de donde vienen. Recuerda, mi niña, en la zona de temores y miedos no habita Dios.

La nuera, hermosa joven de vivos ojos, le dijo tiernamente al abuelo:

–Es verdad. Diego está en casa, en buenas manos y con Dios. Finalmente dejó una caricia en la mejilla del abuelo y otra en la de Diego.

El abuelo y el nieto se asomaron al balcón para despedir a aquella feliz pareja, observando cómo en la distancia aquel carro blanco se hacía más pequeño.

El tiempo pasó como un suspiro y la noche iluminó su obscuro manto con el delicioso brillo de las estrellas mientras abuelo y nieto se ponían al corriente de todos aquellos acontecimientos sucedidos durante la semana. Diego, mirando fijamente a su abuelo, le dijo:

−¿Recuerdas que la otra vez que nos vimos me prometiste que me platicarías un cuento?

−Por supuesto que lo recuerdo, mi niño. Tendremos tiempo suficiente en estos cuatro días para platicarte un cuento.

−¿Cuándo sería eso abuelo? Si tú lo deseas puede ser en este momento.

Tomando, el abuelo, gentilmente de la mano al nieto, le dijo:

−Ven aquí, pequeño Diego, déjame abrir este libro para leerte un cuento.

Aquel niño con la total curiosidad de un gran observador exclamó:

−¡Abuelo, pero si tu libro está vacío! Tiene todas las hojas en blanco y no dicen nada, cada espacio está solito, ninguna letra vive ahí adentro.

A lo cual el abuelo, sonriendo con la luz de la sabiduría dibujada en sus ojos, dijo:

−Mira, pequeño, verás que este libro tiene una gracia muy especial. Esta gracia consiste en que todas las historias que vas creando en tu mente son proyectadas en los renglones del libro. Eres tú quien va llenando los espacios vacíos de las hojas olvidadas por el tiempo.

−¿Y cómo es que iré creando historias, abuelo?− preguntó el nieto.

−Es muy fácil, −exclamó el abuelo cerrando sus ojos, como si dentro de él estuviera observando lo que iba a platicar, −cuando construyes una vivencia que quieras contar, piensa que eres el mágico alfarero que, cuando coloca la arcilla entre sus manos, la va moldeando de acuerdo a lo que le dicte su corazón. Observarás que en un instante inexplicable, lenta y gentilmente, estas hojas que ves aquí, sin nada, van tomando línea a línea la forma de un cuento. Cuando tu historia está terminada, te vuelves el caminante que conoce perfectamente sus senderos y, sin que te des cuenta, inicias un viaje como protagonista del cuento. Entonces sucede algo muy peculiar −continúo diciendo el abuelo−. La historia deja de ser tuya, ahora pertenece al lector y a su imaginación, a su forma de percibir lo que tú has narrado. Cada apreciación tiene un tinte muy propio que lo conecta con algo.

–Debes saber, hijo, –expresó con ternura el abuelo al tiempo en que preparaba un café para él y un chocolate frío para su nieto–. Los sueños de tinta dormida, en el cuento, dejarán de serlo cuando formen parte de tus recuerdos o cuando, pasado el tiempo, los vuelvas a leer y sean otras las sensaciones que te acompañen en tu lectura; el tiempo cambia y nosotros también.

–Abuelo, ¿y cómo es eso?

–Este libro tiene una receta para contar la historia Diego:

Primero debes incluir hechos que sean reales, una historia verídica le dé más fuerza a todo lo que narras, las vivencias por lo general transmiten una enseñanza. Todos los acontecimientos de tu vida son importantes, las situaciones dulces o amargas que te acompañan se vuelven un motivo fundamental para reflexionar. Cada objeto que decora nuestra casa guarda su historia y tiene una razón importante para ocupar un lugar en tu vida, esa igualmente será la esencia para reflexionar.

–Abuelo, no entiendo eso. Si a mis juguetes los veo a diario, ¿qué debo reflexionar acerca de ellos?

–Ven, Diego, toma mi mano, te invito a caminar por el parque sin que salgamos de esta cómoda sala. Solamente cierra tus ojos e imagina, durante nuestro recorrido, todo lo que existe desde la puerta de nuestro hogar hasta la banca en donde me siento a observarte mientras tú juegas con tu triciclo. Después de hacer lo que te digo, volvamos a casa, abramos los ojos y, como si fuera la primera vez que estamos aquí, observa todo lo que existe y véelo con ojos frescos y nuevos. Descubrirás que todos los objetos a tu alrededor ocupan un lugar importante en nuestras vidas y viendo así la vida, descubrirás lo bello que es todo, entonces empezarás a verlos de forma diferente –explicó el abuelo–. También te digo que esto pasa con las personas con las que siempre convivimos, las vemos de la misma forma como vemos a los anuncios que, formando parte del paisaje, van perdiendo nuestro interés y atención para después olvidar muchos momentos bellos que pasamos juntos.

–¡Ah! Ya comprendo abuelo, por eso vas marcando esas rayitas en la puerta, con las que me mides cada semana. Es para que no me olvides mientras éstas van creciendo.

–Las rayas no crecen, Diego, el que crece eres tú. Hay medidas ocultas que no se ven fácilmente, pero que existen, –continuó diciendo el abuelo–. Son iguales a las rayitas de medir, como tú bien lo dices Diego, sólo que estas medidas son indicadores de la calidad humana que mostramos para sabernos relacionar con nuestros semejantes, ya que en ocasiones somos más atentos y amables con los extraños que con nuestros propios compañeros del alma. Es tan fácil decir: gracias, mira qué hermosa amaneciste hoy, permíteme yo te ayudo con esto o simplemente poner la mano sobre el hombro del compañero y decirle aquí estoy contigo sólo para que sepas que siempre me reporto con tu corazón. Sin embargo, muchas veces no lo hacemos. ¿Ves, Diego, lo importante que se vuelve saber enriquecer los momentos vividos en compañía de alguien? Es por eso que este primer punto te dice lo siguiente: "Habla de lo que sepas expresar, de lo que te rodea, de tus acontecimientos, de lo cotidiano, porque ahí es donde está la belleza del cuento."

Segundo. Las manos del abuelo eran comunicadores congruentes y directos de todo lo que expresaba, sabía transmitir las sensaciones dibujando en los espacios del viento todo lo que contenía el cuento. El abuelo, abriendo sus dedos índice y medio de la mano derecha, así como quien indica una letra *v* de victoria, le dijo a su nieto:

–¡Segundo, mi niño! Una regla igualmente importante es que debes acomodar frente a ti todos los elementos que son protagonistas de tu historia. Por ejemplo, si yo dijera en un cuento "¡Cuánto te quiero, Diego!" podría quedarse ahí este beso que ahora dejo en tu frente.

–Gracias, abuelo.

–Cada protagonista de tu historia tiene una personalidad única, su esencia abriga un milagro en donde solamente se requiere que los elementos necesarios se presenten para que lo divino se manifieste.

–¿Qué quiere decir que lo divino se manifieste? –preguntó Diego interesado.

–Cuentan que, en una ocasión, un gran santo, en un invierno crudo, se arrodilló en profunda oración frente a un cerezo. La santidad del hombre le dijo al cerezo: "Háblame de Dios" y el cerezo floreció. Todos los elementos necesarios para responder aquella pregunta de amor estaban guardados en su seno, ya que la fuerza del santo inundó en una gentil primavera al cerezo para que hablara de Dios. Los milagros sólo son manifestaciones de todo lo posible y en esa naturaleza de lo posible habita Dios.

Tercero. Cada protagonista que conforme tu historia, –continuó platicando el abuelo, –deberá comportarse como lo hace el sabio observador que va aprendiendo poco a poco del canto de las aves, de los sonidos del bosque, de los silencios ocultos en las piedras y de la estructura que el Creador ha guardado en los seres de cada reino. La primera enseñanza para poder mantener una buena comunicación con el mundo es saber reconocer qué es lo que sucede fuera de tu ser. Si tú no puedes cambiar para bien lo que acontece en tu vida debes recordar que cuentas con un maravilloso recurso: tu buena actitud. Ésta te dará la oportunidad de cambiar el enfoque de cualquier problema que tengas, simplemente volviéndolo una situación por resolver, de tal forma que en tu vida siempre esté todo bien.

El principal enemigo que existe –continuó el abuelo –generalmente no está afuera de nosotros, sino en la mente; muy en el interior de nuestra esencia se van gestando historias insanas, argumentos de preguntas y respuestas no formuladas por nadie, sino únicamente por la loca de la casa a quien llamamos mente. En los miedos no habita lo divino, en la desesperanza no habita la fe, en la derrota desaparece la voz interna del gigante que llevamos dentro.

Los ojos del abuelo tenían la claridad del color de la canela, también tenían en sentido figurado las bondades de su aroma y su sabor para regalar su esencia; sus ojos eran grandes, expresivos y serenos eran dos cuencos plenos de luz para iluminar los sitios más oscuros en donde el tiempo es incierto.

–**Cuarto** y último, Diego, debes unir los diálogos de tus protagonistas dejándolos danzar sobre el racimo de las hojas blancas de este libro, para que poco a poco entren en su hogar y nos platiquen un cuento –le explicaba el abuelo a su nieto.

–Abuelo, ¿pero cómo puedo encontrar el diálogo de los protagonistas del cuento? ¿Cómo sé qué decirles y cómo deberán actuar? Abuelo, ¿y qué frases deben expresar para ser felices todos?

–Tu pregunta, Diego, es muy interesante. Eso que preguntas nos pasa a todos en algún momento, pues deseamos encontrar respuestas correctas y apropiadas que se ajusten al diálogo de nuestra vida en las relaciones que tenemos con los otros día a día.

El abuelo continuó aclarándole las dudas a su nieto:

–Te comentaré algo que estoy seguro te explicará con claridad lo que me preguntas. Una vez en la orilla del tibio tejado de una casa vieja estaban dos gatos, uno era un gato maduro, sabio, prudente y observador, el otro era un gato pequeño, juguetón y descuidado; el gato sabio observaba cómo, peligrosamente, el gato pequeño trataba de alcanzar su cola con la finalidad de atraparla. Después de ver la escena repetidamente, el gato sabio le preguntó al pequeño: "¿Qué haces amigo gato?" El pequeño le respondió: "¿Acaso no ves que estoy tratando de atrapar a la felicidad? Me han dicho que la felicidad está en mi cola y una vez que la tenga seré inmensamente feliz." El gato sabio detuvo al pequeño y tiernamente le dijo: "La felicidad no está afuera de ti, siempre está en tu interior. Además debes tener cuidado en donde sea que estés parado. Te he detenido, no tanto porque me interese lo que haces, lo cual me divierte, sino por lo riesgoso que resulta que juegues tan a la orilla del tejado."

Mientras Diego escuchaba atento, el abuelo continuó:

–A menudo estamos tan identificados con nuestros anhelos que nos vamos olvidando de nuestro propio ser, como aquel actor que se va hermanando con su papel protagónico porque lo vive, lo siente, lo hace tan suyo que va perdiendo conciencia de quién es él realmente. Mantener el equilibrio en nuestras pasiones significa volvernos niveladores de los extremos. Los extremos son eso, extremos, son trampas en donde nos podemos perder fácilmente si no sabemos escuchar el orden y la armonía de nuestro centro.

El ego –señalaba el abuelo– es un rompe equilibrios y se comporta como aquel gondolero que siempre va remando en competencia abierta con los demás y por ganar, en cada golpe de remo, olvida la paz de la laguna dormida, el aroma del viento, la canción que tanto le gusta y lo más importante: la intranquila calidad del servicio que va prestando. El ego puede romper tu equilibrio si le permites anidar fantasmas en tu corazón, como lo son, entre otros, la soberbia, la inflexibilidad, la intolerancia y la falta de paz espíritual. Estos cuatro puntos, Diego, son la base para crear un cuento, *tu* cuento, *mi* cuento… nuestra historia.

–¡Qué bien, abuelo! ¡Salgamos a recolectar los elementos de nuestro cuento!

–No, tesoro, no es así como se maneja este asunto, debes aprender a crear tus protagonistas con la sensibilidad de un mago; ellos están en el universo de tus adentros, sólo tómalos, hazlos tuyos, invéntalos, siéntelos, sé su amigo. Nos bastará con crear una imagen en nuestra mente, darle vida, pintarla con los colores de lo perfecto y, ahí, dejar que algunos protagonistas, escondidos en el cuento, salgan a platicar sus historias, nos digan de qué están hechos y cómo es que desde ese mundo perfecto contemplan nuestra existencia.

–Empieza, abuelo, yo te sigo, fuiste tú quien me invitó a leer un cuento.

–Está bien, pequeño Diego, regálame tu silencio y yo a cambio te daré un cuento.

Cada amanecer tendrás una hoja en blanco,
es un nuevo día regalado por Dios.
Tú, como mágico alfarero
tejerás sueños,
ilusiones y anhelos.
Visitarás, al atardecer, lo Divino
y, así, buscando tu camino
te comunicarás con Dios.

Reportarás los hechos reales
vividos en tu historia,
aprendiendo a ver con mirada fresca
lo insignificante y grandioso
y sabrás descubrir lo mágico
que se vuelve lo pequeño
cuando lo ves con amor.

Porque se manifestará
un gentil milagro
cuando las cosas del exterior
no pinten con bellos colores
los problemas cotidianos
y sea tu actitud, tu guía,
quien marque la paz lograda
al alcanzar, después de la jornada,
una satisfacción
de cristalizar el deber cumplido,
no sólo en el equilibrio
de tu vida, sino en todo
lo que abarque la palabra
Amor.

¿Vas entendiendo, mi Diego,
cómo se construye un cuento?
-El cuento de tu vida-.
Lo importante de cada renglón
es la lucidez de tu mente,
el equilibrio de tu ánimo
y Dios en la bondad de tus actos.

TALITA-KUM

El abuelo se levantó de su cómodo sillón, colocó sus dos pulgares entre las líneas de los tirantes de su pantalón y así, dejando atrapadas sus manos, fue desbordando un cuento desde su corazón. Diego estaba atento a todo movimiento del abuelo, observaba cada expresión y, sin darse cuenta, iba imitando todo lo que le gustaba de su abuelo. Diego también colocó sus pulgares entre los pliegues de su chaleco y, con toda atención, escuchaba lo que le decía su abuelo:

—Existe, en algún lugar del universo, —dijo el abuelo, — un pequeñito sitio llamado San Pedro. San Pedro significa piedra sólida de los sueños, lugar quieto en donde duermen los cuarzos; es un lugar de ríos generosos bastos y bellos. Yo conocí los días y noches enamorado de tu abuela Laura en un río llamado Sena. Este río nos unió a la belleza del Río Caura, en donde una noche, bajo los rayos de la luna, hablé con un árbol para que me mostrara su corazón, para honrarlo, para cuidarlo, para ser su amigo; era un nogal enfermo, triste, olvidado, sin ánimos de ofrecer sus frutos.

—¿Qué es nogal, abuelo?

—Nogal es el nombre del árbol cuyos frutos son las nueces. Aquel nogal fue mi amigo por un tiempo, se volvió frondoso, sano, vivo, generoso con sus exquisitas nueces, pero el más hermoso regalo que dejó en nuestras vidas fue darnos su corazón.

También conocimos, tu abuela y yo, un lugar llamado Río Nilo — narraba el abuelo —. De todas las tardes ahí compartidas, me viene a la memoria una muy bella y lo que recuerdo es esto:

« He terminado nuevamente, Señor, mi jornada. Es tiempo de abandonar la faena y volver a casa. Te escucho, Señor, en el silencio de la tarde que se adormece sobre el viejo sendero de siempre, tapizado con los matices dorados de las hojas secas que, al danzar bajo el mortecino rayo de sol, van dejando su alegría para luego desaparecer en el remolino del viento y dar paso a los tonos claro-obscuros de las sombras, bajo el tranquilo faro de la luna.

El camino es largo, pero cada tarde, al final del sendero, me espera un amigo: el roble, el ser sabio, el dueño de las mil habitaciones, el generador de alimento para las aves y sombra para el viajero. Este árbol es como la estrella polar en el firmamento, no se mueve, no abandona, es como esa constante luz que guía al navegante; ese árbol amigo es quien, fiel, espera siempre al final del camino. Me gusta sentarme sobre uno de sus generosos brazos que tocan el suelo y desde ahí ser dueño de mi silencio.

El abuelo detuvo su narración para preguntarle al nieto: ¿Te está gustando Diego?

El nieto hizo un prolongado silencio antes de contestar. El abundante cabello del abuelo era la pista perfecta para aterrizar algunas veces y a la vez, dos aeroplanos imaginarios que eran las pequeñas manos del nieto, sin importar que aquel accidentado aterrizaje dejara despeinado al abuelo. Haciendo esta despreocupada maniobra de aterrizaje el niño, fijó su mirada en el abuelo y simplemente le contestó que todo estaba bien.

La inconmensurable grandeza, Señor, de tu divina presencia en esos instantes perfectos de reflexión, me invita a meditar sobre la inmensidad de tus océanos y lo pequeña que es mi barca para cruzarlos. Desde ese árbol puedo ver cómo se van reflejando la luna y las estrellas en las aguas quietas, cada una, como siempre, va encontrando su sitio en el firmamento; lo hace con ese orden acordado desde la creación e inicia su diálogo tintineando con el universo.

Cada tarde, a la llegada del oasis perfecto, con ese roble amigo disfruto del bálsamo de paz, el cual alimenta mi alma. Me gusta visitarle y saber que al final del camino espera por mí para después volver a casa. Aquel viejo roble, en el rudo lienzo de su piel, parece tener dibujado un libro: el libro del tiempo, de anécdotas, de historias secretas, de plegarias expresadas desde el interior del alma, de sueños, de suspiros, de ensayos, de poesías improvisadas y de todas las reflexiones posibles que se puedan crear en la mente de los caminantes. >>

Aquella plática del abuelo fue interrumpida por Diego.

–¿Quieres que te traiga tu guitarra, abuelo?

–¿Y a qué obedece esa pregunta, Diego? —sonriendo expresó el abuelo.

–Es que estás moviendo tus dedos sobre la mesa como si quisieras tocar y también lo haces muy bien.

–¿Prefieres que te cante algo y después continuamos el cuento? —preguntó el abuelo.

–No, abuelo, está bien lo que haces, sigamos con el cuento comentó Diego.

Diego había realizado esa pregunta porque cuando el abuelo dejaba deslizar sus virtuosas manos sobre las templadas cuerdas de su guitarra, sabía rescatar los sonidos del silencio y hacía surgir la magia que acompaña al bohemio con su voz entonada haciéndolo con la dulzura de un alma buena.

–Invariablemente puntual, al momento en que se da nuestro encuentro, —continuó diciendo el abuelo, —otro amigo, igualmente sabio, pero de otro reino, nos visita. Es el búho, que observa, que vigila, que atiende y que nos cuida, es el fiel centinela de los sueños que encuentra, en el manto de la noche, el perfecto mapa astral desde donde se hilan los sonidos de la mustia naturaleza.

Escuché que alguien dejaba en el viento un buen deseo: "Que la paz los acompañe en su camino". Al mismo ritmo del saludo fui sintiendo cómo una suave rama de aquel viejo amigo, el roble, fue acariciando mi espalda mientras que el inquieto aleteo del atento búho fue abriendo de par en par sus alas como si fuera un generoso portón abierto al caminante para invitarlo a casa.

Jamás he podido recordar cómo es que me atrapa la magia de aquellos instantes, solamente recuerdo que me voy hundiendo en un agradable encuentro con cada una de las partes que le dan forma a mi alma, con la identificación plena de mi divinidad y, poco a poco, voy recobrando mi centro, me vuelvo parte del todo que es lo absoluto, lo basto, lo generoso, la esencia misma contenida en el sentimiento de la diáfana amistad.

<<El roble preguntó:

–¿Cuántos senderos, amigo mío, a partir de este instante, deberás caminar?

En la quietud de mi alma traté de comprender la pregunta, así como la intención de la misma para luego dar mi mejor respuesta:

–Caminaré, amigo mío, tantos senderos como me lo indique Dios.

–Y, ¿por qué piensas que el Todo Poderoso te dará esos caminos? —preguntó nuevamente el árbol.

–Porque es el dueño de todo y, sin su voluntad, nada existe.

–Eso que expresas es correcto, –dijo el árbol, –pero también te ha dado un libre albedrío. Te ha dado una capacidad inteligente para decidir y también te ha dejado como dueño total y absoluto de tu vida, lo cual implica que también eres responsable de tus actos, de tus pasos y de tu camino, ¿o no es así? Mira amigo mío, yo, como árbol ancestral, te diré algo que contribuirá inmensamente a que sepas cuántos senderos deberás caminar y en dónde se encuentran estos:

El bien amado, Dios del universo, ha dejado en cada uno de nosotros los mismos elementos que se encuentran en una estrella, en un lucero, en una galaxia o en una constelación. Es así porque formamos parte de un todo, esos elementos de los que te hablo están sujetos a tu voluntad, eres tú quien puede cambiarlos, eres tú el dueño absoluto del micro, macro y magno universo que en ti habita, es por ello que debes conocer cómo llegar al centro de tu esencia, porque ahí te espera una hermosa parcela que debes cultivar con inmenso amor, dedicación, alegría y trillar esa tierra con una buena dosis de sana actitud.

Para llegar a ese lugar del que te hablo deberás permitir que todo lo que habita en tu alma se vuelva camino, sendero y vereda a la vez y sea tu espíritu el Virgilio que te guíe hasta la tierra de tu esencia para que la vuelvas inmensidad. Ahí, en tu interior, encontrarás al fiel centinela que cuida de los surcos de tu buena tierra, te entregará únicamente tres semillas, mismas que deberás sembrar, para que con el paso del tiempo poco a poco coseches los frutos de tu parcela.

Esos frutos tienen sus bondades, se vuelven monedas de cambio para negociar. Si tus monedas son buenas podrás comprar el pasaporte que te lleve a la eternidad. Esa parcela deberá tener tu nombre, deberás ser digno de caminar en tierra santa, dándote cuenta de que los caminos están en tu interior. Los senderos guardados dentro de ti se gestan en los sabios sueños de los decretos y en la comunión con Dios.

El abuelo, al darse cuenta de la atención que Diego mostraba por el cuento, reconoció en él la gracia desbordante de sus ojos, se daba cuenta que cuando algo le cautivaba, la atención del niño era como la de un felino cuando está a la caza.

En ese breve silencio en que estaba absorto Diego y atento el abuelo al perfil del nieto, las miradas de aquellos constructores del cuento fueron cómplices de un reconocimiento mutuo para después continuar narrando el cuento.

Esas tres semillas son tres mandatos universales:

1.- Amarás a Dios con toda tu alma, respetando sus leyes.

2.- Serás útil con los dones que Dios te ha dado.

3.- Serás feliz con el mundo interno que habite en tu ser.

La explicación de cómo lo debes hacer, ya lo sabes, únicamente observa la palma de tu mano, todos tenemos una M dibujada que significa *modo*, es decir, saber pedir y saber dar las cosas que el Señor pone en nuestro camino.

Después de la explicación del árbol el silencio inundó mi ser, mis hombros se encogieron y mi alma danzó en el sonido del silencio llamado gratitud.

Mi amigo el búho, igualmente sabio, con una mirada profunda, exclamó:

—Yo, amigo mío, sólo te dejo un racimo de palabras que en conjunto forman algo sólido e indestructible. Cuando sientas que el espíritu te abandona en el camino interno de tu vida, expresa suave y firmemente "Talita- kum", lo cual significa: "Yo te ordeno, levántate". »

—Finalmente, Diego, despúes de esta hermosa experiencia y de tantos privilegios recibidos, —dijo el abuelo, —se fue escapando de mis labios muy sigilosamente este pensamiento:

« Gracias señor, Dios de Dios y luz de luz, por este amigo árbol, por el amigo búho, por el nuevo camino que hoy iniciaré en tu nombre y por el dulce ritmo del Río Nilo que ahora me regalas. Gracias a ellos he podido entender el mensaje que este río arropa en el vaivén de su oleaje. »

Y así continúo el abuelo contándole a Diego:

—Los números que se dibujan en el lienzo azul de su agua fueron los números que me regaló aquel río: 700. El mágico 7 que representa cambio en el alma; alma es vida y el siete abraza todo cuanto cambia, ya que según los sabios representa al hombre y al mundo completos en la plenitud de los tiempos. Representa también el descanso del séptimo día y un acuerdo divino entre Dios y el hombre. Son siete centros de energía llamados chakras, la música abraza siete notas, la semana danza en siete días, fueron siete las razas primitivas de otros tiempos, siete son las ciudades santas, los colores del arcoiris tambien son siete, el candelabro bíblico de siete luces, los siete cielos en donde viven los ángeles, siete años bíblicos de abundancia y pobreza en las tierras africanas en Egipto. Y la más hermosa: las siete menciones de Jesús afirmando "Yo soy". Los dos ceros representan dos universos que se deben llenar de amor.

El número cero –continuó el abuelo– se vuelve mágico porque envuelve el vacío, la nada absoluta, porque en ese silencio nació el amor, se vuelve el principio del origen, se vuelve la llama que da vida, se vuelve lo pleno y, si en esa plenitud buscas su centro, entonces crearás un universo que gire, que ruede, que tenga vida, que cante, que sueñe, que contenga, que abrace, que abrigue todo lo que significa la palabra amor.

–Abuelo, con tu narración he comprendido cómo es el lugar del que me platicas, ya entiendo por qué comentas que no existen coincidencias. San Pedro es el municipio en donde vivimos y ya me di cuenta que tiene muchas calles con nombres de ríos y nosotros, abuelo, vivimos en Río Nilo 700 en San Pedro. ¿No te parece mágico abuelo?

–Claro que sí, mi nieto, sí lo es.

–Abuelo, yo creo que tú sabes muchas cosas, de esas que me gusta escuchar, y estoy muy seguro de que sabes muchas cosas más, ¿por qué cuando todos platican tú eres tan callado, abuelo? ¿Por qué, si sabes más que los demás, no les enseñas cómo son las cosas de la vida? ¡Espera! No me contestes todavía, abuelo, ahora regreso. Voy al baño porque, como tú dices, ya está haciendo efecto este chocolate.

El abuelo vio retirarse la figura delgada de Diego, observó que su complexión plena de vida superaba los estándares de los niños de su edad, no sólo en inteligencia emocional, sino en peso, altura, fuerza y actitud.

–Cada quien tiene su verdad, —continuó el abuelo, —cada quien tiene su forma de ver la vida. Recuerda algo muy importante: en el universo no existe ni lo bueno ni lo malo, sólo existen las consecuencias de tus actos y de todo aquello que deseas. Te diré algo que aprendí del silencio. Comprendí que debo hablar cuando se requiera, cuando mi comentario nutra y contribuya en algo. He procurado pensar y seleccionar mis palabras con cuidado antes de hablar, me da temor que una imprudencia mía me comprometa. Me enseñó mi padre a ser breve, concreto y sencillo al hablar. Cada ocasión en la que expresamos algo gastamos energía, por lo tanto, tener una actitud reflexiva recomienda ser cauto.

–Abuelo, ¿cómo te comprometería una respuesta que no reflexiones?

–Haciendo una promesa que no puedas cumplir.

–En toda relación existen dos elementos fundamentales para la armonía: confianza y respeto. Si prometes algo y no lo cumples, pierdes los dos elementos esenciales en una relación. ¿Tú sabes cómo se conectan el silencio, la sonrisa y la actitud?

—No, abuelo.

—Cuando tu cuerpo sufre un mínimo malestar, te está avisando que algo anda mal. Si no escuchamos a nuestro cuerpo entonces quien habla en su lugar es la enfermedad y ya no hay necesidad de andar buscando culpables. Simplemente, tú has permitido que él enferme, pues algo anda mal en el equilibrio de tu vida.

—Cuando entablas una conversación con alguien —prosiguió el abuelo— y esta persona inmediatamente conecta la conversación a sus enfermedades, a sus dolores, al sufrimiento que la acompaña, la primera imagen que proyecta es debilidad, falta de temple. Dicen que con el temperamento se nace, pero el carácter se hace. Es mejor que se enteren por otros sobre algún mal momento de tu vida y no que te vuelvas pregonero de tus desgracias. Ahí, mi nieto, es cuando el silencio se vuelve saludable campo de reflexión, para pensar lo que debemos hacer y corregir lo que anda mal, es un silencio obligado que demanda la buena actitud del alma.

Todos en la vida, en algún momento, perdemos a alguien, un afecto, un amigo, un amor, seguridad en un trabajo, etcétera. Esos rompimientos no deseados lastiman nuestro corazón, en muchas ocasiones nosotros fuimos los causantes de dichas situaciones, en muchas otras somos juguetes de un destino poco comprendido. Todo pasa por algo, esos momentos crudos de la vida son los que te hacen madurar con amor si así tú lo decides, ya que la vida es una comedia en donde el papel protagónico lo tienes tú y eres tú y solo tú quien elige ser el comediante alegre de tu vida o la marioneta triste que se autocompadece para dejar a otros la decisión de su vida. Cuando esto pase guarda silencio, tu frecuencia baja requiere de la comprensión de tu alma, a ningún desconocido le interesan los corazones lastimados.

Regalar una sonrisa cuando las cosas andan mal demuestra firmeza y temple de ánimo y debes guardar el silencio en tus labios. Cuando no tienes nada bueno que decir, es mejor quedar callado, porque si no irás fabricando un cúmulo de energías insanas que devolverán a ti lo sembrado en el cosmos. El universo es el espejo mágico que no juzga, respeta todo lo que le pides, todo lo que construyes y todo lo que moldeas en las circunstancias de tu vida.

Tras un pequeño silencio, el abuelo siguió contándole a su nieto:

—El silencio del alma, unido a la meditación consciente, pone tus pies sobre la tierra, te vuelve humilde, modesto, tolerante, frágil al entendimiento humano. Cuando tu alma no tiene esos silencios, te vas volviendo esclavo de tu prepotencia; el ego, coronado por el deseo de aprobación de otros, se vuelve tu carcelero y, poco a poco, te vas perdiendo en las ilusiones vanas del humo que acompaña al necio.

–Ahora comprendo, abuelo.

Así como San Pedro
es un lugar de cuarzos,
tu mundo interno será
diáfana luz atrapada
en el mágico cedazo,
donde se filtren
mil ríos y un cerezo
de sueños y trabajo.

Aprenderás a tocar
el corazón de un amigo,
sintiendo la amistad
por todos los senderos
de aquí a la eternidad,
porque de este modo
el genio de los milagros
bendecirá tus manos
al enseñarte a amar.

Serás feliz en tu destino
Porque aprendiste la expresión
"Talita - kum"
para mandar en tu espíritu
y levantarlo en el camino
buscando las cosas del Señor.

Estando atento, mi nieto,
a las señales del universo,
cada día, cada instante,
volviéndote tú el camino
y siendo meditación
encontrarás en tu vida
las bendiciones de Dios.

UNA TARDE DE MAYO

La tarde caía suavemente, la debilidad de los rayos del sol iba doblando en el jardín las últimas sombras de los cerezos. Los tonos de las flores poco a poco se obscurecían para permitir que la noche se apropiara de su encanto y que los girasoles con reverencia buscaran en su seno el cobijo de un sueño quieto.

Mientras tanto Diego se adueñaba de la atención de su abuelo preguntando:

—Abuelo, ¿tuviste un abuelo que te platicara un cuento? ¿Tu abuelo también te contaba cuentos?

—Por supuesto, mi nieto.

—Abuelo, platícame alguna de las historias que te contaba tu abuelo, dime cosas de él, aunque sea algo, poquito. Platícame algo que te haya contado cuando tú ya eras grande, muy grande, como de dieciocho años. ¿De que te ríes abuelo?

—De nada, mi niño, son dulces sonrisas de la memoria y si preguntas tantas cosas nunca terminaremos este cuento.

El abuelo hizo una pausa y continuó:

—Está bien, te contaré no de mí, sino de lo que mi abuelo me platicó cuando él tuvo dieciocho años, si es que tú estás de acuerdo.

—¡Claro, abuelo!

—Esto fue lo que me contó mi abuelo y que ahora te contaré a ti, nieto mío.

«Recuerdo que una tranquila tarde de mayo, antes de que el sol se despidiera de los patios de mi casa, mi espalda fue tocada tibia y suavemente dejando una agradable sensación, como si alguien me abrazara con calidez y susurrara al oído diciendo: ¡Volveré mañana! Después, las nubes aborregadas dejaron caer una fina y constante lluvia transformando los charcos en un nítido reflejo del cielo para ahí soñar que tenía, a mis pies, la inmensidad.

El halo de luz, al mezclarse con el viento, tocaba las hojas bajo el abrigo de la lluvia. Los árboles se volvieron fuentes de cuarzo danzando en la luz. Las personas corrían buscando un techo para protegerse de la constante lluvia y los paraguas se desplegaban como hongos multicolores para, gentilmente, proteger a sus dueños.

Todos los elementos de la tarde creaban las condiciones adecuadas para que los niños jugaran en los charcos. La tibia lluvia, teniendo al sol como testigo, formaba microuniversos en los recientes pozos de agua cristalina que, en la imaginación, se vuelven lagunas o mares encajados en orientes mediterráneos o simplemente ríos habitando en un sueño.

Esa tarde guardaba un regalo para mí, pero no era el ocaso que declina su belleza, sino el alba de una sorpresa que esperaba por mí en el recinto de estudio con múltiples moradas y, entre todas ellas, la anchura de un horizonte con innumerables gramáticas compradas, llamado biblioteca. Me encaminé hacia aquella gran casa de libros que en otros tiempos fue hacienda, convento y gran recinto de fe.

Caminé por los pasillos con grandes veredas cuajadas de manuscritos y libros. Al escuchar el penetrante silencio de aquel lugar pensé que las voces de tinta dormida de aquellos libros sólo recobraban el color y la textura de sus mensajes si los leíamos con el corazón.

Los libros, sin que lo supieran, me recordaron los momentos en que fui tocado por palabras que, guardadas en los pliegues de un escrito, y sigilosas entre el polvo del olvido, tomaban vida para hacerme sentir a flor de piel lo bello de un aroma, de un recuerdo o de sentimientos narrados que marcan una vida.

Aquel inmenso lugar tenía, entre tantos sitios, un nicho escondido en donde guardaba un apreciado regalo de navidad: mi primer libro. Ese libro fue a parar ahí porque fue mi primera contribución para niños menesterosos que, ávidos de lectura, tenían un lugar amigo en donde abrir los portales para penetrar a otros mundos.

Tomé mi libro y, al abrirlo, éste me regaló los testimonios del encuentro con el pasado, dos tréboles de cuatro hojas que cayeron a mis pies. También encontré entre sus hojas un encarte que hacía referencia al puente que conecta lo importante de lo escrito con el pensamiento de otro autor. Así como esas marcas fantasmas que recobran luz cuando las volvemos a leer fui leyendo nuevamente, como tantas veces lo he hecho, esto que hoy de memoria te digo:

—Soy el extranjero que viaja por el país de la ilusión, recorriendo senderos sin las estaciones del tiempo, vibrando con la imaginación despierta en el paralelo del encanto para encontrarte en el sendero que habita dormido, más allá de la laguna y del jazmín solitario.

Hoy el firmamento está incompleto porque te has desprendido del racimo de luceros y estrellas para volverte también como yo, viajero en el ensueño de tu tiempo y de tu espacio.

Cuando la arcilla de tu sangre se comprima en cada gota de rocío para evaporarse luego, volviendo a tu infinito, e inyecte tu sangre a cualquier astro mortecino, volverás a ser el divino sembrador del universo para llevar también, en el hueco de tu mano, el agua fresca que alimente a la flor campesina que habita solitaria en la cañada.

Para ti, que eres la ilusión peregrina que aún no logro tener entre mis manos. Para ti, que eres exquisita flor en mis días solitarios de existencia, transformo el pensamiento en prosa para dejar volar a la palabra escrita con alas, de gaviota cristalina, que surquen el cielo hasta fundirse en el horizonte lejano para que te abrace.

Donde quiera que estés, mirar risueño de alma blanca, en cualquier sitio que tu ser habite, serás motivo de mi existir profundo, porque un día te conocí, pero no recuerdo en cual de tantas existencias.

Fuiste el barro perfecto del escultor divino que imprimió en ti el genio y la destreza del encanto, que te creo con sensible imaginación poética poniendo en ti trocitos de universo. El Todo Poderoso te dio alas como de gorrión viajero para elevarte hasta tierras lejanas y, ese algo indescriptible que no comprendo y que tienen los seres de mirar profundo, la virtuosa adaptabilidad a lo sencillo o modesto y la gratitud cuando la vida se ha vuelto generosa.

Para ti escribo estas líneas, las cuales van pintadas con lo mejor que tengo. Cuando las leas, escucha mi voz suave a tu oído y trata de reconocerme: "Soy el extranjero que viaja por el país de la ilusión, recorriendo senderos sin las estaciones del tiempo".»

Diego, después de suspirar y sentir que él era aquel sembrador del universo, exclamó con profundo sentimiento:

–Abuelo, ¡que bonito! Y qué memoria tenía tu abuelo.

–Sí la tenía –contestó el abuelo–. Era un hombre muy privilegiado, generoso y tierno. Fue un hombre de contemplación y de silencios, un hombre de espacios y luces en su corazón.

–Abuelo, ¿por qué le gustaba tener guardadito ese libro ahí y por qué siempre que podía iba a leerlo?

–Ese libro se lo regaló una novia, su primer amor. Un amor y sobre todo el primero, Diego, nunca se olvida, ya llegará el tiempo en que tu corazón sea como esa biblioteca de la que mi abuelo nos comenta, en donde cada libro sea un beso tierno de un buen corazón que te acompañe por toda una vida. En algún lugar habita tu compañera de existencia en este hermoso viaje llamado vida. ¿Acaso no piensas que sería bueno orar y pedir cosas buenas para ella?

Diego hundió su cara entre sus manos y el abuelo, con una suave y gentil caricia, le preguntó:

–¿Qué piensas, Diego?

–Nada, abuelo, sólo recordaba que te había pedido que me platicaras un cuento, no que me pusieras a rezar.

–Muy bien, Diego, sigamos con el cuento.

–Gracias, abuelo.

–Ahora continuemos, Diego, con nuestro relato, sobre todo aquello que habita en San Pedro. Hace muchos ayeres existió un gran señor que mandó construir un palacio con varias habitaciones para recibir a los señores de las estrellas. El palacio tenía un gran escenario en donde se hacían representaciones maravillosamente elaboradas con el marco de sonidos y cantos. San Pedro es un lugar mágico, es el centro cósmico de comunicación con grandes señores del tiempo, con grandes sabios, con grandes silencios. San Pedro deposita su realeza sobre un gran manto de cuarzos, los cuales tienen como misión ser espíritus tutelares que cuidan al mundo y bendicen las huellas de los caminantes, hundidas en el polvo del recuerdo. Sus veredas están alineadas en un trazo perfecto con el color de las flores, sus árboles son colosos con vida que guardan los secretos, grabados en su corteza, de quienes bajo su protección vivieron un momento especial –continuó el abuelo, mientras Diego lo miraba atento–. Existe un área dedicada a once árboles maestros, es la plenitud de un minúsculo valle en donde se levantan los sueños. Es un lugar verdaderamente mágico, si te platicara lo que allí sucede no lo creerías.

–¿Cómo qué, abuelo?

–Un día, la niña de los sueños, desde un balcón azul en donde se dibujan los cuentos, se puso a observar con infinita calma toda la belleza de su entorno y se percató que un árbol tenía en uno de sus brazos una flor gemela, es decir, de un solo tallo brotaban dos hermosos regalos. El árbol, en silencio, le dijo a la niña: "Estas dos flores son tú y tu amado".

—Ese día trascurrió como todos los días en ese lugar, con suavidad, sin prisas, sin preocupaciones. Al día siguiente, ese mismo árbol le regaló una flor más a la niña, lo asombroso fue que estaba incrustada entre la misma flor gemela. Fue algo increíble, en sólo una noche se gestó un regalo más y algo extraordinario sucedió, el árbol suavemente a través del viento le dijo: "Las tres flores representan a la Santísima Trinidad bendiciendo tu amor" —siguió contando el abuelo—. Debes saber, Diego, que las flores nos hablan, que todo lo que ocurre en la naturaleza no es casualidad, sino mensajes de Dios. Mas allá, donde el azul del cielo es tocado por las copas de los árboles, al firme centinela del día y de la noche de ese hermoso lugar, le tocó ser por breve espacio de días el genial protagonista llamado señor de la maldad. Este centinela era un árbol centenario, su follaje era impenetrable, generoso, amplio, sólido, fuerte e inmenso, como el cúmulo de problemas que puede ir tejiendo en la oscuridad la hilandera de la noche. Sobre esa espesura sobresalía una varita delgada de bambú, sencilla, modesta, solitaria, diciendo: "Desde aquí busco la protección de mi Creador, a nada le temo. Tu inmenso follaje, tejido de problemas gratuitos sobre el jardín de mi destino, no me alcanzará, yo sobrepaso tu estatura, soy fuerte, sólida aún y cuando me veas como una modesta vara, te percatarás que habito en la parcela del Amor."

—¿Y sabes algo, Diego? —preguntó el abuelo a su nieto—. Al anochecer, el manto cuajado de estrellas habló con la inconstante luna, diciéndole:

« ¡Oh, vieja luna, amiga y compañera de nuestras noches, busca a los maestros de luz, habla con los señores del bien y diles que aquí, en esa copa de árbol, se está llevando a cabo una lucha desigual! Diles que una dulce varita de bambú, sola, aunque fuerte y decidida en la fe de Dios, busca su protección. Diles que vengan, que la cuiden, que la abriguen, que la abracen en su seno y le digan que no está sola y que, si ha nacido de una semilla del amor, también su estrella reflejará su luz, paso a paso para decirle: "Aquí estamos a tu lado".

La luna escuchó tal petición y pronto llevó ese mensaje a la casa de Dios. La respuesta, al día siguiente, fue levantar, junto a esa varita de bambú, un follaje de maestros cuidándola con amor. Aquellos grandes maestros movidos por el viento danzaron bajo el sol; esa danza era aviso de su llegada y para irse colocando como protectores entre el mal y la varita de bambú. Sus brazos, como generosos balcones, fueron desplegados hacia la vida, se abrieron de par en par sus ramas para cuidarle y, al ritmo del viento, se fueron ubicando los maestros entre el mal y la obra de Dios. El sólido brazo de los maestros tomó con ternura al delicado bambú diciéndole: "Hemos venido por un mensaje divino, lo envió el símbolo de tu signo, la luna y el amor". »

Al terminar la historia, el abuelo comentó:

–Diego, lo que acabas de escuchar se llama oración. Esto, mi niño, es parte del cuento. Como ves ya van presentándose poco a poco los protagonistas de la historia, tenemos al árbol, a las flores, al bambú, a la luna, al viento, a las estrellas, a los ríos, a los cuarzos, a los maestros, al amor y a Dios.

–Abuelo, cierro mis ojos y corre en mí la sensación de estar ahí, siento en mi piel esa dulce emoción de todo lo que me platicas. Dime más abuelo porque esto parece una historia de una película bonita.

El abuelo detuvo su conversación para saborear aquel café olvidado en la mesa lateral donde se acomoda lo importante. Su café ya se había enfriado, pero no importaba porque el aroma tanto de la plática como el de aquella taza era inigualable.

Diego, atento a la taza de café y a la expresión de agrado del abuelo, prudentemente preguntó:

–¿Los personajes del cuento ya saben lo que tienen que decir y hacer?

–Te diré, Diego, cada personaje tiene una misión, tiene un mandato divino que debe cumplir. Cada cual tendrá una tarea diferente, pero lo que siempre será igual para todos es la condición final que pide el bien amado Señor del Universo: "Servir". Cuando sirves con atención y cuidado dando siempre algo más de ti, el servicio es bendecido por la ley de compensaciones, la cual nos dice que todo lo que tú siembras en el buen servicio lo cosecharás en los portales correctos a donde debas viajar. Estos portales sólo se abren cuando tienes una buena actitud al ayudar a un hermano; ellos generosamente te dan el reconocimiento por lo que aporta tu alma. De igual forma, si tu apoyo no produce el sonido claro, sólido y total acompañado de una buena sonrisa desde el corazón, se abrirán portones en cuyos pasillos encontrarás a otros que a ti te estarán haciendo lo mismo que tu mano negó –así fue como el abuelo continuó explicándole a su nieto todo sobre la ley de compensaciones–. Cuando tú extiendes tu mano únicamente para recibir sin haber puesto en tu otra mano la moneda del servicio, lo que demanda la ley de compensaciones, se volverá pesada tu carga porque toda moneda guardada por usura y egoísmo manchará tu armadura de caballero con el tono de lata vieja en lugar de relucir con el honor del servicio.

–Sirve y sé útil en tus faenas, siempre da el extra, aguanta un poco más que tu amigo, especialmente cuando apoyas y la tarea no es tu responsabilidad. Aplicando esta simple regla siempre tendrás las puertas abiertas.

–Abuelo, ¿me dejas hacerte una pregunta? ¿Qué debo hacer cuando alguien quiere que trabaje por él?

–Mira, Diego, qué genial pregunta.

–Cuando eso suceda debes hacer las siguientes preguntas. ¡Recuerda hacerlas siempre con amor, por favor!

1.- Pregúntale al amigo que se ocupa del problema o del trabajo si entiende la situación.
2- Si la respuesta es no, entonces dile que lo investigue para que luego te lo explique, ya que muchas veces vemos problemas donde no los hay.
3.- Si la respuesta es sí, entonces dile que te indique qué ha hecho para resolver el asunto y que te comente tres posibles soluciones; por lo general cada amigo ya conoce la respuesta a su problema, muchas personas esperan a que otros les autoricen dar el primer paso.
4.- Cuando esté decidido a trabajar, acompáñale y enséñale que el buen trabajo ennoblece.

5.- Si toda la carga te la ha dejado a ti, recuerda que cada quien tiene la dosis necesaria de problemas para aprender, crecer y ser mejor; no le prives de ese hermoso privilegio de sentirse pleno, pero no lo abandones, en especial si es un buen amigo.

El abuelo prosiguió con el relato:

–Ahora hablará el árbol, Diego: "Soy el espíritu protector y guardián de este valle. Bajo mi cuidado se encuentran los nidos de las aves, soy fiel proveedor de su alimento, también soy el oasis del caminante, a quien brindo sombra fresca entre mis brazos sin que lo pida; en ocasiones dejo caer a su encuentro un fruto dulce para refrescar su cuerpo. También dejo caer ocasionalmente una flor para una joven linda que cada tarde me visita y la reconozco de otras vidas".

El abuelo en aquel momento no solamente platicaba un cuento con toda la hermosa elocuencia de un buen hombre, sino que también se iba transformando en un personaje activo de la historia, ya que actuaba como un verdadero árbol cargado de entusiasmo, sueños y versos. Con firme voz exclamó:

–Soy también el generador de oxígeno y vida, ese oxígeno que corre por cada átomo de mis moléculas, las cuales obedecen a Dios. Escucho, retengo, observo, no juzgo, recuerdo, mi estadística milenaria deja en mí gran sabiduría y quien aprenda a leer mi corazón sabrá muchos secretos guardados del universo.

El abuelo cruzó sus brazos sobre su pecho, se acercó dulcemente a Diego y con un tono de voz suave, que delataba su complicidad con el árbol, le contó al nieto la última petición del árbol:

–Finalmente aquel árbol habló con el valle y le pidió permiso para hacer un regalo diciendo así: "Valle mío, universo total, todo cuanto sucede aquí tú lo comprendes mejor que ninguno. En estos caminos de lectura sé que una dulce niña de otros tiempos está leyendo, en el mismo sitio y como si fuera un suspiro en el viento, la poesía escrita por otro corazón como el de ella, pleno de amor y de sueños. ¿Acaso será posible enamorarse de alguien de otro tiempo? Permítanme dejar caer para ella una flor ahora que está aquí". Y su tierna petición fue escuchada en el silencioso valle de los jazmines. "Yo me retiro del cuento", dijo el árbol. "Tal vez si me mencionan más adelante, volveré porque estaré en su camino siempre y sigilosamente dejó movido por el viento un halo de bendiciones."

–Abuelo, mira, mira. ¡Ha salido de tu libro una flor, observa que linda!

–Es el regalo para la niña de otro tiempo.

El abuelo extendió sus brazos para que se acercara Diego y, armonizando las líneas de lo que había narrado, las fue resumiendo en estos versos:

> Serás el gran anfitrión de tu vida,
> de los señores, de las estrellas.
> Ellos contarán las cosas bellas
> que guarda el corazón.

> Serás el mágico diseñador
> de tus días, como lo hace un
> orfebre, pintor o escultor.
> Pondrás en tu lienzo
> dos flores
> y la tercera
> será el amor.

> Crecerás como vara de bambú,
> tu corazón serán tus raíces
> y el cilindro, tu esencia,
> el comunicador
> con el universo
> con lo divino
> y con Dios.

UNA PRESENCIA SILENCIOSA

Finalmente llegó la noche que anunciaba el fin de semana, acompañada de los compromisos sociales que cada quien va realizando durante el tiempo ordinario de trabajo, para cumplirlos con los amigos al finalizar la jornada.

Para el abuelo y para Diego era tiempo de vivir, de soñar y de convertir el tapete multicolor de la sala alfombra mágica de oriente, para despúes volar hacia el mundo de la imaginación en donde todo es posible.

El abuelo, sin soltar de entre sus brazos a Diego, le fue explicando el significado de aquella hermosa flor que el árbol había dejado caer.

—Te diré, Diego, que la flor y sus pétalos son vehículos de diálogo con la imaginación. Te habrás dado cuenta de que la flor tiene siete pétalos y en cada uno de ellos guarda un mensaje escrito. Estos no son testigos transparentes sin vida, sino materia con una dulce textura para iluminar el intelecto. ¿Quieres compartir conmigo lo que está escrito en cada pétalo?

—Claro, abuelo, pero déjame respirar un poquito, porque tus brazos me están apretando. ¡Pero no me sueltes todo!

—**En su primer pétalo dice: "Escucha las cosas de la vida con el equilibrio de una laguna tranquila y sosegada, en cuyas riberas acampe el Espíritu Santo"**. Cuando escuches con todo tu ser, en infinita paz, le irás dando un rico espacio al corazón para que poco a poco se informe de lo que acontece en tu vida, después deja abrir tu sano intelecto para observar el correcto acomodo de los elementos de lo que trate tu asunto.

–Cuando escuchas atento con el corazón, mi Diego, vas aquietando al ego. La persona que juzga va poniendo a su vida cargas adicionales e innecesarias que hacen más pesada su alma. Si no sabes escuchar te vuelves egoísta, corto de sensibilidad y tu intelecto, al igual que tu corazón, irá cerrando sus puertas, sus balcones y las ventanas de tu alma hasta el punto que te haga falta luz. Escucha, escucha, escucha, Diego, pero siempre con amor.

Diego le preguntó a su abuelo:

–¿Cuando escuchas es cuando estás más atento a los ruidos de la cascada o los ruidos de las aves?

–Una parte que comentas Diego es correcta, es estar más atento, pero la naturaleza no tiene ruidos, tiene sonidos. Los ruidos son todo aquello que molesta y no está en armonía con nosotros, por ejemplo, siempre que se conecta la licuadora o cuando se conecta la aspiradora que no deja escuchar nada, te tapas los oídos. También son ruidos los que el hombre ha ido creando conforme se vuelve más automatizada la vida, así como un robot, sí, como tus juguetes.

El abuelo continuó platicando con aquel nieto inquieto, quien, en el estado interno de su fuente, guardaba la esencia pura de permanecer con la conciencia alerta a todo cuanto existía a su alrededor. Esta actitud lo invitaba a habitar también en los silencios infinitos de un niño y, bajo la dirección de su abuelo, mantenía un equilibrio perfecto para vivir pleno.

Nuevamente preguntó Diego:
–¿Qué debo hacer para escuchar a las personas que hablan tan rápido y no les entiendo?

El abuelo soltó a Diego de entre sus brazos y dulcemente le dijo:

–Te diré algo más interesante. A la primera persona que debes saber escuchar con infinita calma y con atención es a ti, sí, a ti Diego. Si aprendes a escuchar a tu corazón jamás te equivocarás y si aprendes cómo hacerlo es una tarea muy fácil, yo te diré cómo.

De esta manera continuó el abuelo explicándole a Diego cómo saber escuchar:

–Lo primero que debes saber es cómo trabaja tu cerebro. ¿Ves esta nuez que está aquí? ¿Observas que tiene dos partes iguales? Así más o menos es como tenemos el cerebro, una parte es un hemisferio izquierdo, la otra es un hemisferio derecho; cada uno trabaja en forma indistinta y ninguno de los dos hemisferios trabaja al mismo tiempo que el otro. El hemisferio izquierdo trabaja en todo aquello que nos obliga a reflexionar con más frialdad, en los números, en el análisis de las cosas, como ejemplo te diré que un comprador siempre debe trabajar con el hemisferio izquierdo. El hemisferio derecho trabaja sobre otras áreas, por ejemplo, en el arte, la pintura, las palabras, los sueños, la imaginación y otros campos más. Cuando tú estás vendiendo algo así debes trabajar con el hemisferio derecho. ¿Recuerdas al señor que vino a vendernos unas jaulas para pájaros? ¿Recuerdas cómo hablaba? Mucho, ¿verdad? Pero, finalmente la abuela que estaba callada observando y pensando que no nos gusta quitarle la libertad a nadie y que nos agrada ver que la libertad no esté amenazada por nadie ni tampoco depender del cuidado que se les debe tener a esos hermosos animalitos, simplemente dijo no, muchas gracias y ese no fue un no.

–Ven, Diego, –llamó el abuelo, – colócate aquí a mi lado. Extiende tu mano derecha con tu dedo gordito y con el dedo con que tú indicas, únelos. Sí, así. Haz un círculo y trata de ver, a través de él, algo pequeño que esté al alcance de tu brazo. Observa el objeto que señalaste, véelo con tus dos ojos. Ahora tapa tu ojo derecho, ¿lo puedes ver Diego?

–Sí, abuelo –contestó el nieto.

–Ahora bien, sin mover tu mano, tapa tu otro ojo y dime si lo ves.

–No, abuelo, no lo veo, se movió. Bien, eso quiere decir, Diego, que tu primera reacción de respuesta es trabajar con tu hemisferio derecho ya que el objeto lo viste con el ojo izquierdo. Para aquellas personas que lo ven con el ojo derecho quiere decir que están trabajando con su hemisferio izquierdo. Todo es correcto mi niño, no hay ni bueno ni malo, todo está bien, únicamente debemos saber y reconocer con qué hemisferio trabajamos, eso es todo. Es por eso que debemos aprender a desarrollar los dos hemisferios, cosas de números y cosas de arte. Una vez que sabes cómo reaccionas, date cuenta que nosotros pensamos más rápido de lo que hablamos y hablamos más rápido de lo que escribimos. Por tal motivo debemos bajar nuestros niveles de preocupación de la mente al nivel de una lista de preocupaciones escritas e ir palomeando lo que resolvemos.

—Abuelo, qué gran idea eso de las nueces y los hemisferios, tienes toda la razón.

—El Segundo pétalo dice: "Debes saber retener lo bueno aprendiendo el arte de volverte cedazo, como un filtro suave con una generosa red". Debes sentir homogéneos a tus hermanos, incluyendo la basta tonalidad que abrigue a cada uno. Deberás decantar tus relaciones con ellos y al mismo tiempo conservar únicamente los buenos instantes, para que todos estos en conjunto marquen tu corazón. Irás descubriendo la esencia de quedarte solamente con lo bueno que te da la vida, debes aprender a retener los instantes en el aquí y el ahora y si lo haces conocerás el magnífico regalo que puedes tener porque tú eres un generador de milagros si así tú lo decides. Recuerda todo aquello que pienses o desees, llámalo, vívelo, suéñalo, ámalo y hazlo tuyo. El universo te dará todo lo que desees. Es por eso que se dice "Ten mucho cuidado con lo que pides, porque seguramente llegará". Puedes pedir tener un millon de dólares y seguramente lo tendrás, pero estos siempre llegan acompañados con sus grandes responsabilidades.

Diego, —se dirigió el abuelo al nieto, —escucha, con toda la calma posible que pueda abrazar tu corazón a los cinco años, esta oración que leeré. ¿Te acuerdas que un día preguntaste qué era ese cuadro tan bonito? Era uno que tenía una virgen en el centro, la misma que con la luz que sale de sus manos ilumina a dos bebés. El cuadro tiene un camino de dinero, bebés rodeados por la familia, senderos con muchas flores, un pentagrama musical, un avión, una hermosa casa con coches a la puerta, lugares dibujados como sacados de un cuento, manos recibiendo dinero, un faro de luz, un lago en donde se ve una barca navegando, con una pareja, en medio de una paz infinita como si ahí habitara Dios y otros bellos elementos que tanto te gustan, pues aquí es cuando, en una oración que reúne todos esos elementos, tu abuela Laura y yo se los pedimos a Dios. Por cierto, uno de esos hermosos bebés eres tú, mi lindo Diego. Sí, así es. Eres consecuencia de ese milagro llamado decreto, deseo, visualización o pedimento al universo con el alma plena. Ahora, Diego, escucha esta oración que resume lo solicitado y casi todo al día de hoy concedido:

« Señor Dios de Dios y Luz de Luz, representado en los instantes de nuestra vida como manifestación plena de nuestros deseos, permite que el Espíritu Santo esté en nuestro camino iluminando nuestra economía.

Que la Santísima Virgen María con su rayo de luz guíe a nuestros hijos, a los hijos de nuestros hijos y a todas sus generaciones.

Mándanos nietos sanos, niños de dormir tranquilo bajo el dulce amparo de su ángel de la guarda.

Que la silueta de la maternidad en nuestras hijas sea bendecida con hijos fuertes, nobles. Dales un corazón bueno. semejante al tuyo, que sean exitosos, alegres, plenos y llenos del Espíritu Santo en cada molécula que en ellos habite.

Que los tonos musicales de nuestra vida sean su centro, en el equilibrio de la plenitud, para que las flores de nuestra alma sean polinizadas con el soplo divino de tu presencia.

Llena nuestras manos de oro, de éxitos, de luz y de dinero, de una abundancia plena; vacía nuestros corazones de sentimientos negativos y tristezas.

Dales a nuestros hijos la sabiduría de una paternidad responsable, enséñales a que amen a sus hijos, que mantengan una convivencia plena y sepan transmitir con amor las enseñanzas de los sabios.

Déjanos remar a mi esposa Laura y a tu siervo Flavio en la laguna del amor, danos un hogar construido con respeto, confianza y principios y saber del privilegio de contar con una casa propia, con automóviles a tu servicio.

Danos mente, cuerpo, espíritu y alma, en un infinito equilibrio en la divinidad de nuestro centro.

Sé nuestro faro permanente y nosotros seamos una vela de abundancia y plenitud para iluminar la vida de nuestros seres queridos.

Que nuestros sueños rompan horizontes en un avión propio y dejarlo a tu servicio en nuestro ministerio y, en esa prosperidad de pareja, unir nuestros sueños en España, caminar en Aranjuez, Madrid, Toledo y vibrar con la tinta dormida de sus poetas, recorrer Italia, la plaza San Marcos en Venecia, visitar los rincones mágicos de la Toscana, viajar en tren a Roma, visitar los castillos levantados en tu nombre y ahí hundir nuestras huellas en otras tierras bañadas de historia.

Y después, Señor de todo lo recibido, volver a soñar en tu inconmensurable grandeza, porque somos hijos de un Gran Rey y Tú todo lo puedes.

El abuelo, después de haber leído la oración que se encontraba en la parte trasera de su cuadro de peticiones, guardó contra su pecho aquel racimo de deseos cumplidos y con mirada tierna acarició a su nieto esperando la respuesta de su gran público.

—Abuelo, ¿todos esos dibujitos son deseos tuyos y de la abuela? Y, ¿es por eso que cada noche haces oración?

—Así es, Diego, cada noche me imagino que todo lo que existe en ese cuadro un día lo tendré en su totalidad.

—¿Qué te hace falta abuelo?

—Realmente, Diego… sólo visitar algunos lugares y el avión, pero sé que llegará. Lo demás solicitado ya está en nuestras vidas. Volvamos a la reflexión, Diego, retén sólo lo bueno ¿para qué llenar tu espíritu, tu alma, tu intelecto, tu mente y tu corazón de basura?

El abuelo continuó comentándole a su nieto la importancia de llenar el espíritu de cosas buenas:

—Es mejor que te quedes con los milagros, con todas aquellas bendiciones de Dios. Y de los momentos grises o negros sólo aprende lo bueno que puedes sacar de ellos. Un hombre inteligente procura no meterse en problemas, pero un hombre sabio, si le llegan problemas, invariablemente obtiene un beneficio de ellos. Retén lo bueno, aprende de los días en que parece que todo se desvanece, bendice los momentos, después déjalos ir y quédate con Dios.

—Abuelo, **el tercer pétalo dice: "Observar".**

—Gran privilegio, mi niño, es cuando observas con atención y conciencia todo lo que acontece en tu vida. Observar es el principio que nos conecta al aquí y al ahora. La vida vivida con una actitud consciente se vuelve meditación, se vuelve el estado de alerta en donde Dios te habla. Cuando tú oras, tú le hablas a Dios. Cuando meditas, Dios habla contigo. Mantén tu espíritu atento al universo, observa, observa con los ojos del corazón.

Todos, desde que nacemos, tenemos frente a nosotros una escalera, la cual debemos escalar. Algunas veces se vuelve montaña, sierra, loma o inmensos acantilados en donde vemos que sólo el vuelo de la gaviota habita. Muchas veces se vuelve un ingenioso problema que debemos resolver y cuando lo vamos haciendo nos elevamos en los peldaños desde donde nuestro aprendizaje nos vuelve un poco mas sabios.

Cada escalón está inteligentemente acomodado a nuestro alcance, si iniciamos con el pie izquierdo o el pie derecho está el primer nivel ajustado a nuestra necesidad; sin que se note, sobre la barra firme de la escalera, existen dos huellas hundidas en la madera para colocar nuestras manos y, después, sólo una breve voluntad de impulso para ir subiendo poco a poco los peldaños.

Lo que realmente sucede en esta tarea es que cada nivel o escalón es ajustado a una experiencia de vida, porque al irte elevando vas apreciando otros paisajes y vas aprendiendo cómo otros seres humanos resuelven sus problemas, para acumular sabiduría.

Lo inconveniente viene cuando sentimos que podemos dominar cualquier escalera, pensamos que desde la escalera del vecino se ven más y mejores paisajes y saltamos a otras áreas que no nos corresponden ni fuimos invitados.

Al no tener nuestra experiencia completa, al no conocer la experiencia y sabiduría de otros escalones por los que no pasamos, empezamos a improvisar, a mentir, a imaginar lo que no es, pero lo más delicado es que dejamos de observar nuestra propia vida, al no estar ubicados en el lugar que nos corresponde. Es por ello, Diego, que observa y ubícate, el regalo que Dios te dio en tu destino es suficiente para mantenerte entretenido, pleno y feliz en lo que a tu vida concierne. No camines por caminos que no son tuyos, observa lo que Dios te ha dado, sube con tranquila seguridad tus propios peldaños y goza observando lo que es tuyo.

Todos los hombres tenemos en la herencia genética e imperfecta de nuestra mente un espacio que nos pesa llamado pasado, todos los hombres tenemos un sueño divino en el cual realizarnos llamado futuro, sin embargo justo en medio estamos detenidos, porque entre lo imperfecto del ayer y los sueños que aún no se realizan existe el hombre detenido dejando pendiente dar su siguiente paso en el camino de lo perfecto, desviándose del objetivo de esa maravillosa escalera llamada destino, privilegio y perfección.

Observar significa volverte el camino y no el caminante, significa ser la meditación y no el meditador. Para observar así de esta forma debes mover tu centro de observación hacia el punto en donde no se cuestionan los sucesos que acompañan tu vida, en esos instantes tú te vuelves como un rayo de luz, para despúes darse la fusión total con el cosmos. Un gran pensador, Lao Tzu, decía: "Un ser integral sabe a dónde ir sin ver, ve sin tener que mirar y realiza cosas sin hacer nada" –citó el abuelo.

Aquel comentario del abuelo intrigó mucho a Diego y finalmente preguntó:

–¿Qué quiere decir eso, abuelo?

–Significa que cuando tú estás en la gracia total de esa armonía infinita que tiene tu esencia, es decir, en la bienaventuranza de tu alma, te vuelves el mago que todo lo logra, si es que sabes observar con los ojos del corazón.

—Permítele a tu vida, —dijo el abuelo,— que cada instante seas como un centinela alerta del tiempo presente en el que habitas, sólo observa, aprende de lo que sucede. Todo cuanto pasa tiene una explicación y un porqué, una finalidad que guarda una lección, pero no debemos meter la nariz en todo, debemos dejar que aquellos acontecimientos que tengan que ver estrictamente con nosotros nos nutran, nos enseñen y en nuestro camino se siembre la semilla del Creador del universo, para subir paso a paso un peldaño en la escalera de nuestra formación, intelectual, moral, social, cultural o cualquiera que ésta sea. Lo que tenga que ver con el vecino o con otro será del vecino o de ese otro hermano, pero debes observar sin abrigar la indiferencia o el desapego total al dolor ajeno. Tampoco permitas que tu corazón se quede en el olvido de los principios de generosidad y entiendas que todos pertenecemos a un hilo mágico que forma parte de ese hermoso tapete llamado humanidad.

Aquel abuelo sabía que su nieto gozaba de una inteligencia superior a la de su edad, pero que además guardaba en su alma el encanto de la inocencia. Por ello, como si fuera un adulto, le hablaba dejándole enseñanzas que un día iban a formar parte de sus valores y principios.

—Abuelo, **el cuarto pétalo dice: "No juzgues".**

—Te diré, Diego, por qué este mensaje está enviado en el pétalo número cuatro; cuatro son las estaciones del año y también son cuatro los puntos cardinales, lo cual quiere decir que en todo tiempo que vivas y en cada lugar que tú habites no debes juzgar. Cuando tú juzgas estas automáticamente mirando a través de tu corto, minúsculo, egoísta e intolerante espejo de tu formación. Vas perdiendo ese toque fresco de aceptación que tiene un niño, robas la magia de los regalos de Dios, rompes infinitas reglas universales y no escuchas lo que existe en los códigos de la humanidad.

—Abuelo, ¿cómo es eso de juzgar?

—El que alguien te ame en una forma diferente a como tú deseas que lo haga, no quiere decir que no te ame, no juzgues el proceder de otros, es mejor que encuentres el mensaje bueno de sus corazones.

Cuando tú exiges que los derechos de los hermanos no son correctos, porque solamente has escuchado una parte de su historia, estarás juzgando sin sentido y precipitación un acontecimiento. Será mejor escuchar la totalidad de la historia y, si al final te hacen una pregunta al respecto, es mejor simplemente dar un respetuoso comentario que enriquezca el juicio. Él o ellos tienen el derecho, como lo has hecho tú. Además, en muchas ocasiones pensamos que estamos en lo correcto y cuando nos muestran el camino, nos damos cuenta cuán errados estábamos de haber juzgado algo sin saberlo. La generosidad de la aceptación, para no juzgar siempre se inicia con una dulce mirada. Cuando juzgas sólo ves lo pequeño. "No juzgues, vive, acepta, dale un sentido dulce a tu vida y observa con el corazón". Cuando observas con toda tu atención a alguien que te ha causado un daño, sin que te des cuenta, se despierta en ti un deseo de que a esa persona sienta diez veces más dolor del que a ti te ha causado. En ese momento debes volverte el observador de la circunstancia y no permitir que ésta te envuelva en el dolor. Al contrario, con toda tu paz irás quitando las capas del dolor que te ha causado y, una a una, las deberás ir eliminando para después concentrarte en el alma y los ojos de aquel ser.

El abuelo continuó explicando a Diego la importancia de no juzgar:

—Aprovecha las oportunidades de ser el observador, de esta forma irás empatando los latidos de tu corazón con esa agradable responsabilidad de acreditar la vida. Pero no pares ahí, continúa observando con toda la paz de tu alma, al final te percatarás que algo de la esencia tuya esta ahí guardada dentro de aquel que lastimó tu alma y otro, sin que lo sepas, lastimó la de él. Entonces sabrás que todos somos parte de un nudo infinito en este hermoso tapete llamado humanidad —dijo el abuelo, sonriendo—. Recuerda algo Diego: Cualquier problema que puedas solucionar con dinero, no es un problema, es un gasto. Además, los problemas vuélvelos situaciones y diséñalos cuando los escribas para entenderlos como áreas de oportunidad para aprender algo. Cuando lo comprendas, acude a tu corazón, a tu sana experiencia, pide consejo de los expertos y cuando tengas un buen plan para solucionar algo, hazlo, que nada te detenga, trabaja con amor, porque en esa tarea esta Dios.

–**El quinto pétalo**, abuelo**, habla del recuerdo.**

–Debes recordar siempre los principios del universo, estos fueron dictados por Dios. Cuando vives conforme a principios siempre recuerdas y no olvidas el cómo se hace el buen vivir. Recuerda lo bueno, recuerda a Dios. Ahora déjame contarte algo, cuando alguien recuerda su niñez o su juventud, él está incrustado en las vivencias de lo sucedido. En ocasiones nos es suficiente con percibir un aroma para darnos cuenta que una vivencia está ahí, tan fresca y limpia como si fuera hoy, por ejemplo tu primer beso, tu primera caricia, tu primer amor, pero puedes confundirte en el tiempo porque eres tú, sientes tú, recuerdas tú y observas tú. Tu memoria puede confundir los tiempos en que han sucedido estos acontecimientos. Lo interesante es cuando puedes observar tu vida como una proyección lejana a ti, como si tú fueras el observador que analiza los porqués de lo ocurrido, cuando observas dejando suavemente pasar la película de lo vivido y en ese profundo instante vas descendiendo hasta lo más íntimo de ti y ahí encontrarás los porqués de muchas cosas. Para mí, –decía el abuelo,– la vida es un viaje de tres privilegiados tiempos, el primero cuando ese viaje lo planeas, el segundo cuando lo realizas y el tercero y más bello cuando lo recuerdas. Y si en medio de ese recuerdo te vuelves el espectador, podrías aprender a vivir y construir sólidos castillos dentro de ti.

–¡Gracias, abuelo, voy entendiendo muy bien!

–**El sexto pétalo**, abuelo, **me dice que tener estadísticas de mis logros mensuales y de mis áreas de oportunidad es ir generando sabiduría para no volver a repetir errores pasados.**

–Diego, de algún buen maestro, escuché hace mucho tiempo lo siguiente: "Si tu memoria te es infiel, hazte una de papel". Esto quiere decir que debes escribir lo importante, lo necesario, lo vital de tu vida, ponle fechas y todo lo que debas hacer, hazlo.

El abuelo continuó explicándole lo que menciona el sexto pétalo:

—Los trabajos pendientes, las tareas incompletas, las responsabilidades que no llevan amor, faenas a las que no se les da el extra y dejar para después, por negligencia, lo que debiste hacer hoy es un gran daño que le haces a tu espíritu, a tu alma y a tu cuerpo, ya que poco a poco te volverás conforme, apático, negligente y, generalmente, se empieza a buscar otros culpables en donde los únicos responsables somos nosotros. ¡Privilegiada estadística será aquella que refleje la satisfacción de haber cumplido la tarea con amor!

—Y el último pétalo, abuelo, **el séptimo me dice algo muy bello: "Vuelve aquí". Vuelve a este cuento.**

—Al final de esta historia, Diego, tú y yo estaremos formando parte de este cuento, sólo toma mi mano que yo te mostraré el camino.

—¿En verdad, abuelo?

—Cuando perdemos el camino, mi Diego, es fácil volver a casa, sólo abre los ojos de tu corazón y ahí está el mapa en donde vive Dios, no hay otro camino bueno, no existe otro camino perfecto sino sólo aquel que nos conduce en paz y con bendiciones al centro de lo perfecto. Las indicaciones son los mismos principios de siempre, son los mandatos sencillos que se centran en el amor, si amas no lastimas, si amas no olvidas, si amas no abandonas, si amas das más de lo que soporta tu corazón. Quien lo dude sólo debe acercar su mirada al corazón de una madre.

Aquel generoso narrador de sueños fue abrigando con su ternura la atención de su nieto y resumió en unas cuantas palabras con voz armonizada esto:

Somos como ese jarrón,
manantial de paz y de calma,
que va dejando en el alma
las cosas del corazón.

Mas siempre insistimos
en no entender
las cosas simples de la vida
que envuelven nuestro ser.

Y no sabemos escuchar
porque siempre deseamos
que todos nuestros hermanos
sepan lo que nos ha de gustar.

Dejamos de retener lo bueno
y perforamos el corazón
de otros y el nuestro
muchas veces sin razón.

Y qué gran privilegio,
mi Diego, si sabes observar
las palabras buenas
que son como reparadores
de desdichas y dolores
que afligen al corazón.

No juzgues lo que recibes,
no juzgues quién te lo da,
no juzgues sus actitudes
y entonces no habrá maldad.

Recuerda, mi nieto,
lo que te digo:
viviras más pleno,
amor mío,
si no juzgas y das amor.

Lleva una fiel estadística.
Al final de tu día
pregúntale al corazón
si las cosas simples de la vida
las has realizado con amor.

Siempre vuelve a casa,
a la casa donde vive Dios,
en el aquí y el ahora,
donde está tu conciencia
porque en esa casa
también vivo yo.

Sí, Diego, en esa casa habitamos
mis ancestros,
mis padres, mis abuelos,
todas mis generaciones,
mis oraciones y yo.

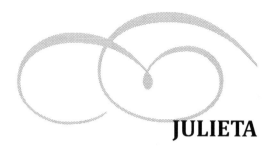

JULIETA

Los rayos de la luna iluminaron la estancia de la sala con tonos plateados, azules y nácar. La noche tibia, semejante a una virtuosa bailarina con diferentes mantos en una gama de colores magenta, era abrazada por el calor del clima mediterráneo. El abuelo sentó a Diego junto al balcón desde donde se podía ver cómo las olas incansables y constantes rompían suavemente sobre el acantilado de la playa.

Cuando los rayos de la luna tocaban las inmensas rocas, éstas producían edificios de sombras, las cuales se convertían en mágicos gigantes con grandes armaduras sobre sus espaldas. Los hilos plateados de la luna dejaban caer sobre aquellas rocas un poderoso abrigo de lentejuelas, las cuales en ocasiones desaparecían según fuera el abrazo de la luz sobre ellas depositada.

La arena, dorada por el hermoso brillo de las olas del mar, tomaba los tonos marrones del barro cuando las olas volvían a su seno.

Las barcas olvidadas se mecían en un rico vaivén sin despegarse de los nudos de sus cuerdas que, como fieles grilletes, las sostenían para recordarles que ese era su lugar.

Las huellas de los enamorados hundidas en la arena eran testigos fieles de su caminar, éstas iban paso a paso marcando el ritmo suave en que ellos vivían la vida. La basta y generosa anchura de la playa se transformaba en un gentil abrazo, invitando a todo caminante a sentir las bendiciones de Dios.

Diego, con la ingenua sencillez de un niño, le confesó algo a su abuelo:

—¿Sabes, abuelo? Cuando me estabas platicando de aquel árbol que regaló la flor a la niña que todas las tardes lo visitaba, yo estaba pensando que nuestra casa era ese árbol, porque todas las noches cuando mis papás me piden que me vaya a dormir, ¿te has dado cuenta que lo hago con mucho gusto? Desde mi balcón veo a una joven muy bonita que siempre se pone a leer antes de irse a la cama. Cuando termina su lectura, se asoma a la ventana a ver las estrellas, como que después suspira y luego, al igual que yo, se va a dormir. Cuando sea grande le voy a decir que se case conmigo. ¡Abuelo, este es un secreto muy tuyo y muy mío, eh!

–Por supuesto, Diego, sólo tú, esta casa, el balcón, la luna, las estrellas y yo lo sabemos.

–Abuelo, ya somos muchos los que sabemos, pero yo sé que ellos no dirán nada, ni tú tampoco, ¿verdad?

–Claro que no, mi niño, yo siempre seré como una tumba en las cosas que me dé a guardar tu corazón.

El abuelo fijó sus ojos con toda la ternura de su mirada, respondiendo para sus adentros en el silencio de su alma:

–Aun cuando me vuelva estrella siempre acompañaré como fiel guardian las cosas del corazón de mi nieto.

Seguidamente, con una voz entrecortada, el abuelo preguntó:

–Diego, ¿te gustaría que saliéramos a caminar por la playa? Tal vez podríamos caminar más cerca de aquellos viñedos en donde vive la niña que suspira con las estrellas antes de dormir.

–Claro, abuelo, esa idea es muy bonita.

El abuelo tomó los lentes que usaba para salir, aquellos que con dos tiras a los lados se pueden cómodamente sujetar al cuello, dejarlos colgar y mantenerlos dispuestos como fieles guías para cuando se requieran.

Juntos, abuelo y nieto, abandonaron la casa para tomar un sendero que los llevara hasta la playa. Ahí todo era mágico, el lugar se veía como una fotografía sacada de una historia persa.

La belleza de aquel sitio obligaba a guardar silencio, a estar pendientes de los latidos del corazón y de aquellos pensamientos que sólo invitan a vivir cosas buenas. Sin embargo, la inquietud de un niño siempre despierta al genio de la curiosidad.

–Abuelo, ¿tú sabes en dónde vive esa joven de la que te platico?

–Por las coordenadas que me das creo que sí. Mira, ¿ves aquel balcón que se ha quedado atrás? Sí, el que con su luz ilumina aquel árbol, es el de tu recámara. Por lo tanto, aquella casa con hermosas flores en la ventana debe ser donde vive la niña de tus sueños.

–Abuelo, ¿te acuerdas de aquella flor que el árbol del cuento dejó caer? ¿La que nos permitió leer su mensaje? La he traído conmigo.

–Y, ¿para qué, Diego?

—Me gustaría mucho llevársela a aquella joven, tal vez también ella pueda leer su hermoso mensaje. Tú me has dicho que compartir es bueno.

El abuelo suspiró como si él fuera el mensajero de la flor, con gran ternura tomó la mano de Diego y caminaron hacia la hermosa casa cuajada de flores. Rumbo a la casa, el abuelo se detuvo, sujetó al nieto con ambas manos y en un segundo lo colocó sobre una barda desde donde los dos, abuelo y nieto, podían mirarse, a la misma altura, en igualdad de circunstancias. El abuelo, al tener frente a sí a su nieto, le pidió dulcemente que considerara lo siguiente:

—Cuando lleguemos a la reja principal de la casa tú serás quien llame a la puerta, deberás decir tu nombre, preguntar si en esa hermosa casa vive una niña linda y que por favor te digan qué debes hacer para que esa linda joven reciba la hermosa flor que deseas regalarle.

Diego abrió sus ojos tan grandes como la reja principal de la casa a donde debería llamar. Después, como si fuera una gentil invitación a su abuelo, dulcemente le dijo:

—¿Qué tal, abuelo, si tú y yo le entregamos la flor? Al fin tú y yo fuimos quienes leímos el mensaje de sus pétalos.

—No, Diego, esto es cosa tuya, —replicó el abuelo, — las cosas del corazón sólo tienen un dueño y, en este caso, sólo existe un dueño y ese eres tú. Yo con mucho gusto te acompaño, recuerda que siempre estaré a tu lado, pero momentos como estos los debes enfrentar solo. Además, pregúntate qué es lo peor que pueda pasar, ¿que no nos reciban?, ¿que no nos dejen entrar?, ¿que nos despidan por ser una pareja de feos?, ¿que nos cierren la puerta? Y si fuera así, Diego, lo volveríamos a intentar, ¿o no? Pero, ¿que tal si atendemos al pétalo número cuatro de tu flor? El cual nos dice: "Cuando juzgas sólo ves lo pequeño, no juzgues, vive, acepta, dale un sentido a tu vida y observa con el corazón."

Diego se abrazó del cuello de su abuelo, le dio un beso y tiernamente le dijo:

—Tienes razón, abuelo, si nos cierran la puerta observaremos cómo nos la cerraron, pero volveremos a tocar.

—Así es, Diego, así es la vida, es sencilla, es simple. Como tú lo dices, si nos cierran la puerta observaremos, como buenos espectadores positivos, cómo la cierran, porque existe la posibilidad de que hayan cerrado la puerta para abrir todo el portón y dejarnos entrar cómodamente.

Finalmente, Diego sonrió, sujetó con inmenso cuidado su flor y juntos reanudaron el camino. Subieron en silencio por una vereda llena de flores que, con su aroma, en la noche le dan otro sabor a la vida. Éstas desplegaron todo su encanto para recibir a Diego y a su abuelo por aquellos lugares.

Diego, tomando la mano de su abuelo, preguntó:

—Abuelo, ¿en alguna ocasión regalaste una flor tan bonita como ésta?

El abuelo contestó con una sonrisa dibujada en su cara:

—No, Diego, nunca di una flor tan bonita y con un racimo de mensajes tan bellos, pero déjame decirte algo que es muy importante. ¿Sabías que es más fácil dar que recibir? Muchas veces no sabemos recibir, no nos gusta que en el día de nuestro santo o cumpleaños nos despierten con música, regalos, bendiciones y sonrisas. Tampoco nos gusta que alguien tenga atención alguna con nosotros. Tal vez porque no sabemos ser agradecidos. Cuando alguien te regala algo, lo más importante es ese instante de su vida que te está dedicando para darte una atención: el tiempo que se toma en envolver un regalo, en elegir el color, la talla, en pensar si será de tu agrado. En fin, ¡son tantas las cosas que envuelve la magia de dar!

Aún guardo una piedra plana que mi padre me regaló —continuó el abuelo—. Me la regaló para lanzarla al agua y ver cómo se dibujaban diferentes y constantes círculos cada vez que tocara el agua. Podían haber sido diez o más veces las que esa fantástica piedra, bien lanzada, tocara el agua, de eso estoy seguro. Sin embargo, yo preferí guardarla para recordar aquella tarde de juego en la playa a su lado, la cual fue inolvidable. ¿Ahora te das cuenta, Diego? La verdadera importancia de dar un regalo, lo esencial, es que lo des con todo tu corazón, exactamente como lo estás haciendo ahora.

Paso a paso y sin darse cuenta llegaron a la hermosa reja de aquella casa. Diego, con asombro, le comentó a su abuelo que le parecía inmensa, que él pensaba y la imaginaba más pequeña. El abuelo le fue explicando a Diego las proporciones de los objetos al variar las distancias.

El abuelo, componiendo un poco la presencia del nieto y la suya, cargó a Diego, invitándolo a que, con el repicar de la campana, anunciara su presencia. Así lo hizo aquel niño sin tener otra opción hasta que apareció una hermosa mujer que rondaba los cuarenta años. Ella, con una agradable sonrisa, dijo:

—Buenas noches tengan ustedes, ¿en qué les puedo ser útil?

Con un dulce apretón de manos aquel abuelo invitó a Diego a que contestara. Sabemos que la mágica espontaneidad de un niño de cinco abriles sobrepasa todo protocolo, —son tan directos los niños y viajan libres de equipaje innecesario—. Es por eso que Diego rápidamente contestó:

—Me llamo Diego, él es mi abuelo y mi abuelo dice que en las cosas de mi corazón sólo mando yo, ¿me puede abrir la puerta para darle esta flor a una joven muy bonita que todas las noches veo desde el balcón de mi casa cuando mis papás me piden que me vaya a dormir y no me duermo hasta que ella también lo hace?

—Diego, buenas noches. Yo me llamo Gabriela. Después de toda esa información y de tan bello regalo, con mucho gusto abriré la reja, será un privilegio recibirlos en casa.

Diego llegó saludando cortésmente, con la misma majestuosidad con la que en más de una ocasión el General Patton entró triunfante a un lugar conquistado, después de una gran batalla. Presentó a su abuelo y lo invitó a que saludara a Gabriela.

Diego extendió la flor a Gabriela para solicitarle que se la diera a la niña linda, pero que por favor le indicara que se la enviaba Diego, el del balcón de enfrente, el balcón que con su luz ilumina las acacias. Gabriela tomó dulcemente aquella flor, la colocó en un hermoso jarrón azul y, viendo la profundidad de los ojos limpios de Diego, le dijo:

—Dame sólo un segundo, Diego, le llamaré a esa niña linda para que seas tú quien le dé tan exquisito regalo.

—Gracias —expresó Diego dejando aquella flor en las manos de Gabriela.

Gabriela, seguidamente, al abuelo y al nieto les ofreció tomar algo, los invitó a saborear un delicioso pastel que estaba a punto de quedar horneado y, agradeciendo su visita, los instaló en la estancia desde donde se veía la inconmensurable grandeza de Dios plasmada en el mar.

Gabriela los abandonó por un instante para dirigirse a la habitación de aquella doncella por Diego tantas veces soñada. Mientras tanto, nieto y abuelo se sentían contentos porque todo caminaba de maravilla, además existía la posibilidad de que con un simple sí comieran pastel, té, café o chocolate.

Algunos espacios de este hermoso hogar tenían el mágico encanto de lo perfecto; una parte de la estancia era iluminada por la luz de la luna, siendo un candil suficiente para brindar la claridad de un día. Tanto el nieto como el abuelo, como fieles soldados a su posición, permanecían fijos en ese agradable sillón que, al dejarte hundir en su confortable abrazo, te invitaba realmente a descansar. Después de algún momento se escuchó una dulce voz, era Gabriela diciendo que esperaran sólo un poco, que en breve tiempo bajarían. Diego brincó de gusto y, al mismo instante en que Gabriela anunciaba su demora, le preguntó:

—¿Puedo usar tu baño?

—Por supuesto, —le contestó ella,— es la puerta color marfil que está a tu derecha.

Mientras tanto, el abuelo, al acercar a Diego al baño, se dio cuenta de que la casa contaba con una hermosa biblioteca, fue revisando los títulos de los libros y, como siempre pasa, reconoció muchos libros ya leídos por él. De pronto notó que un tenue rayo de luna iluminaba la pasta dorada de un ejemplar, el cual tenía esa magia oculta que guardan los frescos de El Greco. El abuelo de Diego tomó entre sus manos aquel libro, lo abrió y las hojas silenciosas de historias dormidas dejaron caer a sus pies un encarte, un trébol de cuatro hojas, una flor seca y algo más, algo que únicamente él sabía y no había comentado con nadie. Ni siquiera con Diego había tocado el tema cuando le platicó la historia de aquel primer libro regalado en una Navidad a su abuelo por su primer amor. La sorpresa, oculta en el libro era ese separador que tenía las figuras estilizadas de San Andrés y de San Francisco, pintadas en 1595 por el gran maestro conocido como El Greco.

Ese separador, testigo de El Greco, que habita en el silencio de las páginas guardando la plática de los dos santos, fue dejado ahí para recordar la última lectura. Este separador también se encontraba en el libro del bisabuelo de Diego. ¡Cómo teje coincidencias la vida! ¿Cómo es que fue a parar ahí el mismo separador? Con los mismos elementos, con las mismas marcas y los mismos recuerdos de un hombre que vivía de sus sueños.

Los ojos del abuelo se humedecieron. Rápidamente buscó aquella parte que su abuelo solía decir de memoria, pero no acudía al llamado, tal vez por los nervios de ser sorprendido por Diego o por Gabriela. Al no localizar fácilmente aquellas líneas decidió cerrar el libro; con un poco de más calma y solicitando el permiso para revisar el libro seguramente más tarde lo encontraría.

Justo en el momento en que, con las manos húmedas, Diego abandonaba el baño se escucharon las voces de Gabriela y su acompañante. Entusiasmados corrieron abuelo y nieto a la sala. El abuelo de Diego aún llevaba entre sus manos el libro, aquel libro que salió a su encuentro, escondido bajo un ténue rayo de luna.

Gabriela condujo hacia Diego a esa hermosa joven. Su elegante y fino porte era semejante a una espiga dorada iluminando la inmensidad de todo cuanto le rodeaba. La luna iluminó sus ojos claros dejando un reflejo inexplicable de paz infinita. Sus manos eran suaves, su voz era dulce, proyectaba educación, tranquilidad espiritual y el señorío que sólo los seres plenos gozan en todo instante; el color durazno de su piel era el lienzo perfecto en donde la armonía plena habitaba.

Tomando la mano de Diego dulcemente le dijo:

—Me llamo Julieta, mis seres queridos me dicen Yul, me gustaría mucho que así me dijeras, Diego. Gaby me ha platicado que me has traído una flor muy linda, lo cual agradezco mucho. Me encantaría sentirla y percibir su aroma. ¿En dónde está, Diego?

Diego le indicó con la mano en dónde se encontraba y se dio cuenta que Julieta no volteaba a ver la flor, por lo que Diego tímidamente cuestionó:

—¿Por qué no la ves? ¿No te gusta?

—Claro que me gusta, percibo su aroma y adivino que está por ahí.

Gabriela tomó a Diego entre sus brazos y viéndolo fijamente le dijo:

—Debes saber que Yul es invidente, eso quiere decir que ese hermoso privilegio que tú tienes de ver todo, ella no lo tiene, ella no te puede ver, pero puede sentir, apreciar, admirar, soñar y vivir como lo haces tú.

—¿Y cómo es que yo la veo con libros en las noches? – cuestionó Diego.

—Son libros especiales, Diego, es sólo una forma diferente de percibir la vida.

Con mucho respeto, ternura y cuidado, Diego se fue acercando a Julieta para llevarla hasta donde estaba la flor, diciéndole:

—Tú toca la flor y date cuenta de su aroma, yo seré tus ojos.

Julieta tomó de la mano a Diego, tocó su cara, poco a poco fue reconociendo sus delicadas facciones y, con un beso en la frente de Diego y un tierno abrazo, dejó un inmenso gracias desde el corazón.

Gabriela tomó la mano del abuelo y, casi con un imperceptible tono de voz, le dijo:

—Gracias por traerlo, es un ángel.

—Sí es un ángel, —contestó el abuelo,— pero yo no lo traje, él fue quien me trajo hasta aquí, hasta este lugar con tantos hermosos secretos.

—¿Cuáles secretos? —preguntó Gaby.

—Este misterioso libro guarda en su seno los mismos recuerdos que el libro de mi abuelo, el cual fue donado a la biblioteca de su escuela a donde por muchos años iba mi abuelo, ilusionado, a leerlo y a recordar a su primer amor, quien se lo regaló en una Navidad.

El abuelo de Diego fue platicando, como excelente narrador que era, la historia del libro de su abuelo y de aquel primer amor.

Gabriela le preguntó al abuelo:

—¿Qué parte de este libro le ha gustado más?

El abuelo respondió suspirando:

—Esa parte que dice: "Soy el extranjero que viaja por el país de la ilusión…"

—"…recorriendo senderos sin las estaciones del tiempo" —continuó Gaby.

Los dos, Gaby y abuelo rieron.

—¡ No es posible que alguien más sepa de este libro!

El abuelo, ya con la autorización de Gabriela, revisó detenidamente el libro y en una de aquellas páginas encontró la dedicatoria, tal como su abuelo acostumbraba dejar las notas de su corazón: subrayaba las palabras adecuadas en un capítulo para que ellas, en el silencio de la búsqueda, te dijeran cuánto te amaba.

Gabriela dulcemente tomó la mano del abuelo y le platicó cómo llegó aquel libro misterioso a ese lugar.

—Usted recordará que hace veinte años aquella biblioteca fue remodelada, los libros tuvieron que ser movidos a otros lugares. Por espacio de año y medio, aquel hermoso recinto de cultura se volvió la pesadilla en que se transforma toda obra de remodelación. A mí me invitaron a participar en el diseño y la decoración de los nuevos muebles, así como formar parte del comité de selección de títulos de lectura para nuevas generaciones. En aquel trabajo relacionado con los libros tuve la oportunidad de leer este libro que había estado guardado por años en la sección de escritores que desbordan su talento en cosas del corazón. Me encantó, me llamaron mucho la atención los cómplices secretos que guardaba en su interior: el trébol de cuatro hojas, una flor seca, unos encartes magistralmente diseñados, el separador de El Greco. Pero en especial ese hermoso verso escrito en una carta color nácar y un rizo de cabello dorado como el trigo, sujeto coquetamente en un listón color bugambilia.

El abuelo había encontrado a su narrador, narrador de una historia real y sublime, con un gran protagonista por él jamás olvidado: su gran abuelo.

—Dígame Gaby, ¿aún conserva esa carta del libro? Déjeme decirle, por favor, algo. Aquel cabello dorado perteneció al primer amor de mi abuelo y ahora entiendo por qué siempre acudía a leer ese libro. Seguramente para él era volver a encontrarse con el supremo instante en que su vida se entregó al amor.

Gabriela sonrió como si alguien le hubiera designado ser la encargada de custodiar tal secreto a través del tiempo y en esa cita con el destino, sin imaginarlo, rendía cuentas de lo encomendado.

–Por supuesto, –contestó Gabriela, – precisamente aquí la guardo en este cajón donde conservo las cosas importantes del alma.

–¿Y por qué tiene ese libro, Gaby?

–Precisamente en aquella remodelación, el día en que se entregó la obra fue un veinticuatro de diciembre, Navidad; todos quedaron contentos con mi trabajo y el rector de aquel lugar de estudios, sin tener nada más en la mano que este gran libro, me lo regaló como presente de Navidad.

Depositando Gaby en las manos del abuelo aquel hermoso cabello dorado aprisionado en el listón bugambilia y una hoja doblada con las huellas del paso del tiempo, le dijo: Tome esto y también el libro, son suyos. Sólo esperaban por usted y por su abuelo.

Aquel abuelo nunca pensó que encontraría en su camino tal racimo de recuerdos y que la luna y los sueños de Diego fueran mágicos cómplices para llevarlo hasta la cita del encuentro. Los ojos profundos del abuelo reflejaron la inmensidad de su gratitud, dejó un beso en las manos de Gabriela y sencillamente dijo:

– Gracias.

Finalmente Diego y Julieta platicaron complementándose uno al otro. Por un breve espacio de tiempo Diego fue los ojos de Julieta y ella su musa inspiradora. Ambos, sin saberlo, habitaron en tiempo presente el lugar de los instantes en donde se graban los recuerdos para la eternidad.

–Diego, es tiempo de decir gracias, –dijo el abuelo, – debemos volver a casa. Por favor despídete por ahora de Julieta y de Gaby.

Diego llevó con toda delicadeza y ternura a su amiga hasta la estancia en donde se encontraba su abuelo, agradeció por el exquisito pastel, por el chocolate, por haberles dejado conocerlas y por el libro que le regalaron a su abuelo.

Abuelo y nieto dejaron la casa y con un armonioso movimiento levantaron sus manos en señal de despedida y se fueron alejando poco a poco.

Julieta y Gabriela coincidieron en el encanto de Diego, así mismo madre e hija se sentaron a platicar sobre las agradables sorpresas que les llevó el destino.

Diego por su parte veía la playa de una forma diferente, seguro estaba de que alguien había pintado más y mejores colores en aquel paisaje. La armonía de las olas, el viento tibio y la humedecida arena le decía a Diego: "Quedate aquí, no te retires, graba estos momentos en toda tu esencia para que cada uno de ellos se vuelva un instante eterno". Preguntó a su abuelo:

—¿Estuviste a gusto, abuelo? ¿Te gustó Julieta, Gabriela, el pastel, tu libro y el chocolate?

—Son muchas preguntas en una, Diego, responderé una a la vez. Por supuesto que me gustó Julieta, me dejó una impresión muy dulce.

—Abuelo, —interrumpió Diego,— ¿quién era más dulce? ¿El pastel o Julieta?

—Por supuesto que son dos dulzuras diferentes, pero me encantó más Julieta. Gabriela, —continuó el abuelo,— es toda una gran señora, toda una dama, tiene esa gran sensibilidad de poderse conectar con la experiencia que no le exige su edad. Bueno, te quiero decir que me parece una mujer sabia. El libro que me regaló fue como doblar el tiempo en un instante y conectarme con mi abuelo, como si estuviera ahí sentado a mi lado dando lectura a los recuerdos de sus sentimientos guardados para mí. El pastel y el chocolate igualmente deliciosos, pero sobre todo ello, algo que sobrepasó esos encantos fue tu participación en todo, realmente no sabía si tú eras el abuelo y yo el nieto asustado o si eras un gran rey con la magia correcta y apropiada que sólo un ser como tú puede tener. Te portaste de una forma extraordinaria, en verdad te digo, Diego, que me siento muy orgulloso de ser tu abuelo.

—Y yo de ser tu nieto, querido abuelo —contestó Diego.

Aquel narrador de cuentos y de sueños también sabía dibujar con sus palabras en el lienzo de atención de su nieto la palabra gentil que forma a un ser, era el perfecto artesano que bordaba los recuerdos con la gracia sublime de un gran abuelo.

—Abuelo, ¿será posible que le regale uno de mis ojos a Julieta? Así podríamos ver la vida juntos y ya no tendría que leer esos libros de puntitos.

Con gran ternura el abuelo le contestó al nieto:

–Claro que será posible, pero tal vez debas esperar un poco más a que crezcas, tu ojo debe madurar y hacerse un poco más grande para que ese hermoso deseo se vuelva realidad. Pero, cuando llegue el tiempo, Diego, debes pensar en algo que te enseñé hace poco y que a mí me enseñó mi padre. Hay que ser breve, concreto y sencillo al hablar, cada ocasión en la que expresamos algo gastamos energía, por lo tanto, tener una actitud reflexiva conlleva a ser cauto. Y recuerdo que tú preguntaste cómo te comprometería una respuesta sin reflexionar. A lo que yo te respondí: "Haciendo una promesa que no puedas cumplir". En toda relación existen dos elementos fundamentales para la armonía: confianza y respeto. Si prometes algo y no lo cumples pierdes los dos elementos esenciales en una relación.

Piensa que si haces esa promesa a Julieta la deberás cumplir como hombre cabal, –le dijo tiernamente a su nieto–. Si no lo hicieras, romperías no sólo la confianza y el respeto sino que además robarías los sueños guardados en los ojos de Julieta y eso, mi niño, no está permitido. También comprendo que, en este momento, si alguien te pidiera la vida por ella la dabas toda y además regalarías la mejor de tus sonrisas, si así se requiriera; lo harías porque es un ángel en cuerpo de niña. Pero, ¿qué pasaría, Diego, si en tu camino, a la vuelta de aquella roca, conocieras a otro ángel más encantador que Julieta y te robara el corazón? ¿Y si aquel ángel del que te hablo fuera el amor enviado por Dios para compartir tu camino? Entonces llegarías a ella Diego con un solo ojo porque dejaste uno en el camino y, si ese total y absoluto amor requiriera de tu otro ojo, ¿que harías? Diego, debes tener cuidado con lo que Dios te ha dado, a él le pertenece todo lo que tenemos, él es el único dueño de nuestras vidas y nos ha dado un inmenso sentido de inteligencia para buscar opciones y resolver todo con amor.

Mientras tanto, Diego pensaba en las palabras de su abuelo y en el inmenso y formidable sentimiento que le envolvía y, despúes de recapitular, le dijo a su abuelo:

–Tienes toda la razón en lo que me dices, estoy pensando que hablemos con tu amigo el doctor de los gatos, ellos tienen ojos muy bonitos. Tal vez él nos pueda regalar uno, el más bonito.

–Muy bien, –dijo el abuelo,– pero éste será nuestro secreto, no hay que decirle nada a nadie, ni a Julieta ni a Gabriela hasta el momento en que hayamos estudiado muy bien el caso.

—Está muy bien, abuelo, sólo lo sabemos la playa, las rocas, la arena, las chismosas gaviotas, las estrellas, tú y yo.

El abuelo rió:

—Me atrapaste, Diego, pero finalmente es un secreto, eh.

Es verdad, mi niño, que tu altura
es inmensa como el mar
y tu diálogo, como el de un cura,
conquistador de todo lugar.

En la visita a Julieta vi tu horizonte,
recordé en tus ojos lo que un día sentí;
tú, conquistador en el mar, y yo en el monte;
mil sueños por ti viví.

Es un ángel, Gabriela dijo,
gracias que lo envió Dios.
Es un privilegio este hijo,
como él no creo que existan dos.

Un libro, regalo diligente,
café, chocolate y pastel a la vez.
Y tú, Diego, que en tiempo presente
volviste a la juventud mi vejez.

Sé que un día rubias y morenas
tu camino irán a buscar,
dejando recuerdos en las arenas
y bellos instantes en el mar.

Nuestro secreto con las estrellas,
un buen deseo por resplandecer,
para que Julieta vea las cosas bellas
como tu balcón, tus ojos o un atardecer.
Yo sé, Diego, que tus sentimientos se hallaron
cuestionados como una guerra,
sé que cada instante lucharon
entre el cielo, la luna y la tierra.

Pero yo te digo, mi niño, que sí hay justicia,
que el destino no nos vuelve objetos
de intrigas y secretos
ni actúa con malicia.
Escucha de mi corazón la noticia:
¡cuánto te va amar
el universo si en tus sueños
le sabes contar
que tú eres el dueño
de eso que te hace cantar,
con amor al corazón
y con dulce sensación!
El universo al fin enterado
será tu cómplice y aliado
si vives con amor.

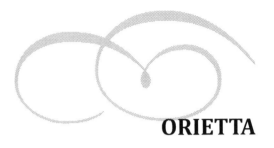

ORIETTA

La quietud, que abraza con aire de sosiego a la inmensa laguna azul, era dividida por un camino iluminado, el cual parecía descender de la luna. Era un sendero en movimiento que abría las puertas a la imaginación, ya que con su vaivén tenía un sentido hipnotizador con tonos nacarados, plateados y azules. Ese camino parecia decir: aquí inicia la eternidad.

La casa del abuelo estaba estratégicamente ubicada, entre el tranquilo espejo de una laguna y de la bahia dorada, comunicada con el Mar Mediterráneo. Desde el cuarto de Diego se podía apreciar la inconmensurable grandeza del oceáno y en la playa, tintineando, las modestas barcas para cruzarlo. El abuelo de Diego siempre decía: "Esta inmensidad azul me recuerda la grandeza y la sabiduría del Creador, así como esas sencillas barcas me recuerdan mi modesto y limitado entendimiento para navegarlo".

La enorme estancia era el sitio preferido de Diego y del abuelo, porque todo lo necesario para pasarla bien ahí estaba. La biblioteca del abuelo, la cual incluía un espacio para los libros del nieto. Había un área para ejercitarse desde donde se podía recorrer el mundo a ritmo lento en una caminadora orientada según se quisiera hacia el mar o hacia la laguna y con una pendiente hacia el cielo. La estancia, igualmente, contaba con un pequeño refrigerador para degustar de todo. Tenía una sección de chocolates para Diego y otra sección de buen vino para el abuelo. En un lugar estratégicamente colocado se tenía un proyector de recuerdos, de películas y de cuentos; ademas cinco deliciosos sillones para descansar, convivir o meditar soñando como dice el abuelo. Desde ese inmejorable lugar se podía ver hacia un lado el Mediterráneo y hacia el otro una laguna dormida, quieta y sin movimiento.

Abuelo y nieto llegaron a casa despúes de haber visitado el hogar de Julieta, estaban emocionados, contentos, la vida les había cambiado, había muchas situaciones hermosas por vivir.

Diego corrió a su habitación, tomó una delicada flauta, cerró sus ojos y tocó un dulce estribillo llamado *Recuerdos*. Abrío poco a poco sus ojos después de tocar, observó que en el balcón de Julieta estaba ondeando un pañuelo blanco, fue tal su alegría que volvió a inhalar como alguien a quien se le va la vida en un suspiro, tocó con magistral sensibilidad la única melodía aprendida y lo hizo como un maestro.

El abuelo, como el cazador que amenaza la libertad de un jilguero, se asomó al cuarto de Diego. El nieto, brincando de felicidad le dijo dulcemente:

—Pásate, abuelo, Julieta no te puede ver, pero sí sabe que yo estoy tocando aquí para ella. Julieta y yo acordamos que antes de ir a dormir yo tocaría una melodía y si ella la escuchaba me lo indicaría con un pañuelo. Pero por favor observa, abuelo, ahí está ella cumpliendo su promesa. Como bien dices tú, ella es confiable y qué bonita es, de cerca y de lejos.

—Qué hermosos momentos estás viviendo, Diego, te dejo para que los disfrutes y, a la vez, te deseo, hijo, que éste sea el peor de tus momentos en la espléndida vida que hoy inicia su despertar.

Diego disfrutó cada instante en tiempo presente, nada era más importante en aquel momento que observar el pañuelo ondear con dulce sutileza en las manos de Julieta. Así pasaron juntos en la distancia y en el silencio aquella pareja, uno observando con todo su ser y un ángel viendo, sintiendo y vibrando con la esencia del corazón.

Con el total interés de un investigador, Diego preguntó a su abuelo:
—¿Alguna vez conociste algún ángel como Julieta, alguien que estuviera tan bonita como ella?
El abuelo miró dulcemente a Diego y le dijo:
—Yo creo que sí conocí a ese ángel como Julieta, sólo que no sé si fue un sueño o una realidad. Ven y siéntate aquí junto a mí en este sillón, pon tu atención en aquella inmensa laguna azul. Al final puedes observar la luz de un faro que, como si fuera una estrella, sirve para orientar al navegante, ¿lo has localizado Diego?

—Sí, abuelo.

—Ahora cierra tus ojos y guarda silencio.

—Dime lo que escuchas —prosiguió el abuelo.

El silencio se adueñó del lugar como la paz en un camposanto. Después de un momento, el nieto contestó:

—Escucho el sonido de unas campanas.

—¿Y los sonidos son iguales?

—No, —dijo Diego,— son un poquito diferentes, unas campanas suenan como roncas, otras más quedito y las otras no sé, ¿por qué me preguntas abuelo?

—Porque deberás saber, mi niño, que frente a ti están cinco pequeños pueblos, son pueblos de pescadores todos ellos. Cada campana emite un sonido muy propio del lugar, los pescadores desde niños aprenden a diferenciar el sonido de la campana de su pueblo y el sonido de las campanas de otros lugares. Esto sirve para orientarlos con su sonido en medio de la densa niebla para volver seguros a casa. Las campanas no dejan de sonar hasta que el último pescador de cada pueblo ha tocado puerto. Yo también aprendí a reconocer la campana de mi pueblo como aquellos pescadores, pero a mí no solamente me recordaba el regreso a casa, sino el lugar donde habitaba una niña linda o una ilusión.

—¿Por qué dices que una ilusión, abuelo?

—Ya lo sabrás, Diego. Cuando tenía diecisiete años, los dueños de una casa ubicada en una colina, en donde vivían unos amigos de mis padres, le solicitaron que me quedara al cuidado de aquella hermosa casa, ya que ellos deberían viajar por algún asunto importante a América. Tenía que cuidar esa casa por dos meses. Yo por mi parte tendría, adicionalmente a un cambio de hogar, una buena paga. Antes de que mis padres contestaran yo ya estaba mentalmente instalado en esa casa disfrutando en mi imaginación los extraordinarios momentos que estaban por llegar.

El abuelo continuó, entusiasmado, la historia sobre esa niña linda, esa ilusión:

—Mis padres aceptaron y la experiencia realmente fue maravillosa. Recuerdo que mi padre me acompañó el primer día a la casa para revisar con minucioso detalle cada espacio de aquel hogar, por ejemplo, las tomas de agua, los motores con que se riega la pequeña huerta familiar, la caja maestra que controla la luz, el gas, la herramienta necesaria para una emergencia, una lámpara, una bicicleta para, en caso dado, desplazarme a casa de inmediato y mil cosas más. Finalmente mi padre y yo dormimos esa primera noche, platicamos tan a gusto como lo hacemos ahora tú y yo. Al día siguiente me dio su bendición mi padre y por espacio de dos meses estuve como dueño y señor de aquella hermosa casa, se debe entender que cumpliendo con las tareas que demandaba la casa, pero las tareas ajenas, Diego, siempre son más ligeras. La casa tenía dos pisos, en la planta baja había una enorme sala, desde donde se podía apreciar un viñedo cuajado de ricas uvas. Los dueños de la casa tenían una sociedad con un buen hombre, cuya experiencia en la industria vitivinícola era extraordinaria. También había un gran comedor, una cocina equipada con todo lo necesario y una formidable despensa que parecía un pequeño supermercado. Pero lo más interesante, Diego, era una recámara en el segundo piso con un balcón desde donde se puede ver esa tranquila laguna que duerme a nuestros pies.

Es aquí, mi niño, donde nace mi historia —sonrió el abuelo mientras proseguía con su relato—. A los pocos días de haberme instalado en esa hermosa casa tuve un día verdaderamente activo, hasta el punto de sólo tomar una copa de vino, comer un trozo de pan con aceite de oliva virgen, un poco de queso de cabra, un par de rodajas de jitomate y después ir a dormir. Yo creo que serían, cuando muy tarde, las siete de la noche cuando yo estaba a todo lo largo descansando en esa cómoda cama. Siete horas de un buen sueño reparador me fueron suficientes, de tal forma que siendo las dos de la mañana el sueño y cansancio se habían esfumado.

La noche era tranquila, recuerdo que la luna era enorme como un gran queso, la laguna con su discreto oleaje marcaba un agradable vaivén y todo estaba en calma. A lo lejos, sentada en la banca del muelle en donde se espera la llegada del marinero de la casa, se encontraba la niña más encantadora que jamás había visto en mi vida, pero el juego de sombras y luces no me permitía ver con claridad a aquel ángel en ese hermoso cuerpo de mujer. Decidí rápidamente bajar al muelle, presentarme con aquella lindura y sin perder instante alguno así lo hice.

Llegué a aquella banca en donde se suponía que estaría ese alguien esperando por mí, pero a mi llegada no pude ver a nadie. Sin embargo, algo había en el ambiente de la noche y en el aroma de las flores que hacía que se percibieran diferentes los sonidos de algunas aves, los grillos desvelados como yo y el sonido del agua. Eran la justa receta para la paz del alma.

Estoy seguro de haber escuchado en el susurro del viento una dulce voz que me dijo: "Me llamo Orietta, encuéntrame." Traté de reaccionar ante mi asombro y cuando estuve convencido de haber escuchado el mensaje me fui a sentar a la banca de mi posible encuentro.

El movimiento del viento que hacía danzar a los árboles, la juguetona luna escondiéndose entre las nubes y tal vez el caminar del tiempo jugaban con el diseño del paisaje a su antojo. Había luz de luna y al siguiente momento había oscuridad; las sombras proyectaban personajes de la noche los cuales con graciosos giros podían desaparecer. Había lapsos prolongados, como en los cuentos, en que se encantaba a las doncellas dejándolas sin movimiento y en que todo seguía quieto, tranquilo y sin alteración alguna.

La voz de Orietta me la llevaba el viento, las sombras en aquellos momentos de quietud me dejaban apreciar su gracia, su cuerpo, su hermosa cara, la sensible ternura que despedía y, en un fugaz instante, podía observar la luz de sus ojos azules como la inmensidad. Cuando iba a reunirme con ella, por un toque mágico, inexplicable, desaparecía, volviendo a esconderse en otro lugar.

Me han platicado que los carrizos de bambú, —dijo el abuelo, — por los filamentos de su cuerpo y su forma de cilindro, pueden repetir las voces de otro tiempo; pensé en ello y me dije: "Esto es un sueño". La voz de Orietta la inventó el viento, pero en ese preciso instante de mi reflexión volví a escuchar una hermosa voz diciendo: "Yo me llamo Orietta, habito en el bosque en luna llena, me gusta venir aquí y alimentarme de la paz de la laguna quieta. Disfruto los silencios de la noche y cuando siento un corazón como el tuyo junto a mí, el mío late de emoción por saber que me haces compañía. Sin embargo, todo es tan efímero que en poco tiempo vendrá la luz y yo volveré a mis sueños, sígueme, encuéntrame y vive este momento."

De esta forma, mi querido Diego, fue que cambió el ritmo de mi vida en aquella casa a mi cuidado. A las cinco de la mañana iniciaba mi trabajo y terminaba a las cinco de la tarde para cenar, dormir siete horas y arreglarme luego para el encuentro de todas las noches en el embarcadero. Mi reunión siempre fue puntual, a las dos de la mañana. Me encantaba jugar con las sombras, adivinar a Orietta en el silencio, escuchar su dulce voz con el viento e imaginar que en cualquier instante estaría a mi lado.

»Los dos meses pasaron velozmente como todo pasa en esta vida. El último día de cuidar la casa decidí no visitar a Orietta, nunca me han gustado las despedidas. Fue por ello que preferí dejar en la banca un trozo de corteza con una inscripción que decía: *Donde quiera que tú estés*

Orietta, donde quiera que tú habites, quédate con una bendición mía y un abrazo fuerte.

Ese último día decidí trabajar con intensidad e irme a dormir más tarde para que mis horas de sueño se empataran con la salida del sol. Al despertar, observé que sobre mi cama estaba una rosa, dos huellas húmedas, de dos exquisitos pies, dibujadas en la duela y un trozo de papel azul con este verso:

Dios creador del cielo, el mar y las estrellas,
aumentó, al conocerte, mi fortuna.
Por eso guardo para ti las cosas bellas
que guarda el corazón desde mi cuna.

El viento te llevó mi voz
y las sombras de la luna
han dejado en los dos
una historia en esta laguna.

Por ti conocí el amor,
pintado de sueños y ternura
y vibré con la ingenuidad
que nace en la locura.

Sabes que habito en la inmensidad.
Soy Orietta y tú el dueño de mi alma
para toda la eternidad,
sembrando la calma.

Esperaré por ti
en el silencio de la luz,
dormida entre las sombras,
y cuando estes aquí
sabrás cuánto te quiero.

—Este es mi gran secreto —dijo el abuelo—. Aquellos han sido los instantes de una gran vivencia que a nadie he platicado. Hasta el día de hoy guardo esa flor seca como un regalo, como un recuerdo de ese espíritu mágico que aún habita en mis noches de insomnio y sin saberlo me vuelve a llevar a su lado hasta aquella laguna azul. Unido a ella me vuelvo eterno, recobro mi juventud y siento que he llegado a casa, que soy sólido, que soy libre para explorar la inmensa gracia de expresarle al universo cuánto se puede amar en un momento. Mil gracias, mi querido Diego, por escuchar este relato, aun y cuando tienes cinco abriles sé que tu alma ha comprendido perfectamente lo que hoy te he contado.

–Sí, abuelo lindo, te entiendo pefectamente, también voy comprendiendo por qué se ha escapado una lágrima de tus ojos, por qué tu mirada se ha quedado clavada en aquella laguna azul ahora que las campanas de los pueblos inician su repicar.

HASTA SIEMPRE DIEGO

Después de aquellos profundos momentos de dulce inspiración, volvió Diego con el abuelo.

El abuelo se encontraba sentado acariciando los brazos de su mecedora, aquella que él había construído como prototipo para los negocios de otros tiempos. Tal vez, debido a su mente de ingenioso creativo, estaban, ahora, corriendo, en cada caricia a su mecedora, las infinitas posibilidades de lo que pudo haber realizado y no se cristalizó, tal vez porque otras mejores propuestas lo substituyeron.

Diego, por un largo tiempo, guardó silencio, hundiéndose en la reflexion de cómo se desdobla la vida y de ese incomprensible sentimiento que nos paraliza cuando deseamos regalar el alma y que, sin embargo, reconocemos que estamos instalados en el campo del Creador, en donde es Él y sólo él quien conoce los hilos correctos, las agujas, los mágicos dedales, los trazos perfectos, cada uno de los moldes por él creados y los elementos necesarios para renovar todo. Con la cara hundida entre sus manos aquel niño enamorado clavó su mirada en la inmensidad del océano diciendo:

—Abuelo, me gustaría que cada una de esas gotitas que viven escondidas en el mar fueran como el rocío de las flores para Julieta, pero en infinitas bendiciones. Ah, y que también fueran un rocío de muchas sorpresas buenas, como las que tú me regalas cada día.

Comprendiendo la profundidad de los deseos de Diego, el abuelo, acariciando la mejilla del niño, le dijo:

—Así es, hijo, ese océano, así de inmenso como lo observas, comparado con las grandes bendiciones que recibimos, se vuelve pequeño. Está en nosotros elegir el camino correcto para darnos cuenta que únicamente necesitamos pocas cosas para ser felices y que somos nosotros los que decidimos cómo vivir la vida.

Aquel nieto, comprendiendo el mensaje de su abuelo, le miró con la limpieza de sus ojos de niño diciendo:

—¡Cuánto te quiero, abuelo!

Y como sucede en los cuentos, con esa mágica conexión en la que se van entrelazando los hechos, Diego exclamó sorprendido:

—Mira, abuelo, algo le pasa a tu libro, ¿qué es esto? Del cuento se está levantando una torre de bambú.

El abuelo se incorporó tomando sus lentes, los cuales tenía colgados al cuello y, observando con cuidado los hechos, exclamó:

—No temas, mi niño, recuerda que sólo son protagonistas de tu cuento. Yo creo que nos va a decir algo, quédate a mi lado y permanece atento.

—Sí, abuelo, mira qué tonos tan lindos, ¡qué majestuosidad y qué belleza!

—Soy tu amigo el bambú, —expresó el protagonista del cuento, con voz fuerte, entonada, clara y con ternura en su mensaje—. No te asustes, todos piensan que no tengo corazón, que soy hueco y vacío, pero lo único que hacen es juzgar y ver una parte de mí. Debes saber, mi niño, que mi corazón está en mis raíces, en la familia, esa es mi fortaleza, ese es mi corazón. Después de amar a Dios sólo hay tres cosas importantes en tu vida: lo primero es la familia, lo segundo es la familia y lo tercero es la familia.

Por eso debes honrar a tus ancestros —continuó expresando con elocuente voz el bambú — y también a tus padres; honra sus enseñanzas y sus recuerdos. Este tubo que abraza mi alma y que tú percibes como un modesto cilindro, en realidad, es un comunicador del cielo. Es por eso que cuando cada amanecer el Todo Poderoso me bendice, crezco más, tratando de buscar su grandeza, su canto, su amor.

Mi naturaleza fue programada para gestar raíces con el suave paso del tiempo, de una forma tranquila y sosegada para que en su constitución se volvieran fuertes, sólidas y nutridas y después sobresalir en el firmamento. De igual forma hazlo tú Diego, crea raíces buenas, extiende tu comunicador con Dios y, después, vuélvete un gigante como yo en este cuento. Pero recuerda que el proceso de crecimiento debe ser lento, debes disfrutarlo en tiempo presente, bajo la gracia del Creador y comprendiendo que todo en nuestra vida representa la partitura de una sinfonía interpretada por todos aquellos que conocemos. Si tú afinas tu vida con la generosa sabiduría que está escrita en los libros de los sagrados profetas, aprenderás a distinguir cuando alguien desafina en las relaciones cotidianas, aun y cuando la pauta que deba seguir sea muy clara. Afina la melodía de tu alma, conoce los sonidos de tus silencios, escucha los mensajes de Dios cuando habla contigo en la meditación para que después, con tu buen ejemplo de vida, poco a poco y con infinita paciencia, ayudes a tu hermano a ir afinando y empatando su sensibilidad con la tuya, hasta que a todos aquellos a quienes tu mano toquen se vuelvan una agradable sinfonía al universo.

Diego asentía con la cabeza a cada una de las indicaciones que le daba el robusto bambú. Todos los sentidos del niño estaban atentos a los consejos de aquel protagonista del cuento. Poco a poco, la voz de aquel compañero se fue confundiendo con los sonidos del viento hasta desaparecer en el silencio.

–¿Qué pasa, abuelo? El cuarto está más iluminado, mira cómo, de entre esos árboles, esas inmensas flores y ese hermoso bambú, va apareciendo un sol de plata llamado… ¿Cómo se llama, abuelo?

–Espera un poco, amor, –dijo el abuelo,– veamos cómo va esa luz buscando su sitio, cómo va dibujando, con las sombras de los arboles, figuras de amantes perfectos disfrutando su tiempo, ¿ya te vas dando cuenta de quién es?

–Sí, abuelo. ¡Es la luna! ¡Qué hermosa es!

—Soy la mensajera de la noche, —dijo la luna,— no tengo luz propia. La luz que se refleja en mí es la luz de mi universo, son los amigos, compañeros y viajeros del espacio que dejan sus bendiciones en átomos que han sido formados de luz. Algunos de ellos ya no existen, pero su vibración y su fulgor viaja suavemente hasta mí como un legado perfecto diciéndome: "Yo estuve aquí".

El abuelo, quien se encontraba sentado en la alfombra junto a Diego, se fue deslizando suavemente hasta el nieto para decirle lo importante que es ser bendecido por la luz de los amigos buenos y ser abrazado por la luz de los maestros que estuvieron antes que nosotros, como los padres y los abuelos.

—Pero esta luz te deja una gran obligación y una gran responsabilidad, —continuó diciendo el abuelo,— deberás proyectarla, imprimiéndole el sello de la divinidad que Dios te regaló.

La voz de la tejedora de sueños, destelló su luz plateada diciendo:

—Aprende a rodearte de gente bella, de amigos de buen corazón, porque estos son quienes practican la mejor religión del mundo, ¿sabes cuál es esa religión, pequeño mío? Tener un buen corazón pleno de amor.

Inmediatamente aquel pequeño pensó que Julieta no solamente era una buena amiga, sino que al tener un buen corazón estaba empatando su religiosidad con lo platicado por la luna. Finalmente se escuchó la dulce voz de la luna decirle a Diego:

—Esperaré por ti, Diego, hasta el día en que tu abuelo se vuelva estrella y tú escribas un cuento para tu nieto. Reflejaré la luz de tu abuelo en el universo, como haré esta noche con el brillo de asombro en tus ojos.

Y así se fue pintando la noche con el manto de las estrellas. Aquel mágico libro fue dibujando imágenes del abuelo y del nieto para dejarles cautivados con el impactante cielo estrellado. La habitación tenía el encanto que deja una rica historia, cuando ésta es contada por el mejor narrador y ese narrador resulta ser nuestro abuelo.

Al querer dar vuelta a la hoja de aquel libro, el abuelo y el nieto se percataron que sus dedos habían sido pintados con polvo de estrellas. Tal vez se debía a que, del firmamento de aquel cuento, iba apareciendo una estrella, la estrella polar, la visitadora del norte, la que se vuelve el faro constante que orienta al marinero, la que no cambia, la firme, la que no abandona, la que siempre está ahí puntual a su cita.

Tintineando suavemente, aquella estrella se fue acercando poco a poco hasta encontrar su acostumbrado sitio y, con un tono suave de voz de esos que llegan al alma, fue diciendo:

—Soy el centinela de la noche que cuida del caminante, me vuelvo su compañía en los momentos de desesperación y duda, cuando el camino se ha perdido, cuando el rumbo se ha errado. El caminante sólo necesita mirarme y encontrará dónde vive Dios. Así como lo hago yo, te pido que te vuelvas un faro de tus días, de tus horas muertas, te pido que seas constante, que no abandones, que construyas un sitio para tu vida, tu alma, tu ser y vayas honrando ese espacio en el viaje efímero de la vida que te ha dado Dios. De esta manera, habitará en la casa de tus adentros un ser llamado armonía, él te dirá como pintar tus espacios con el color del orden del cosmos. Al abrir tus puertas, ventanas y balcones a la vida, se proyectará la luz propia de tu hogar, para que así, de esta forma, el lugar que hoy ocupas sea el ecosistema perfecto de un nuevo universo, cuajado de estrellas y de cosas buenas realizadas por ti. Entonces también tú como yo te volverás protagonista de mil cuentos.

Un profundo suspiro dejó escapar el alma de Diego y, dando un fuerte abrazo al libro, sujetándolo en su pecho, fue llenando con polvo de estrellas todos los silencios.

En aquellos silencios del alma fueron apareciendo uno a uno once árboles milenarios. Eran espíritus sabios, gigantes del tiempo, seres que todo lo saben, manantiales inagotables de todo cuanto se deseara conocer de aquel universo, del que fueron fieles testigos de su creación.

No eran once voces, era una sola voz. Estaban separados, pero sus raíces hermanadas en el subsuelo se sostenían como una gran cordillera de fe, sus robustos troncos guardaban en el lienzo de su corteza mil historias, eran pantallas vivas en donde el agua, la luna y las estrellas reflejaban ese contexto en donde todo cabe, llamado historia. Todos tenemos un sitio en la Historia.

Los once maestros mostraron su corazón y aunque eran seres milenarios, conocedores del tiempo, fueron con sutil delicadeza enseñando el arte de vivir el aquí y el ahora. Le enseñaron a Diego que el alma de su abuelo era como un generoso pozo de agua cristalina, en donde cada noche en los silencios de su espejo se reflejan sus sueños así como los luceros y las estrellas de recuerdos buenos. Hablaron de cómo el corazón y la mente trabajan para revivir recuerdos de vidas pasadas. Explicaron con magistral sencillez cómo se desdobla el tiempo narrando las historias guardadas en los archivos del universo, en donde Diego y el abuelo, como almas viejas, han recorrido juntos bastos caminos, anchos senderos, mares, puertos y lagunas que guardan instantes con gratos recuerdos. Hablaron, por supuesto, de las vidas entrelazadas del abuelo y del nieto. Narraron cómo, tanto el abuelo como el nieto, han compartido senderos de paz, hogares cuajados de recuerdos, calles adoquinadas de nostalgia, haciendas con balcones abiertos a los sueños del corazón. Hablaron de las vidas pasadas del abuelo y de Diego y al final les hicieron conocer esa maravillosa interconexión entre vida y tiempo. Aquellos generosos seres de basta sabiduría, al abuelo y al niño, les recordaron:

–Todos pertenecemos a este mágico tapete llamado humanidad. Cada uno representa un hilo que con su tonalidad va dando color y forma a ese nudo infinito llamado humanidad. Somos lenguaje vivo que se entrelaza una y otra vez, recorriendo senderos en el tiempo para aprender, amar, soñar y evolucionar. Todos unidos somos una aportación y si ésta es buena iremos hilando la red de sabiduría en donde habita Dios.

El sonido del viento fue callando el mensaje de esos once maestros para abrir paso a lo que tenía que decir el amor.

–Abuelo, tu libro es mágico –comentó Diego emocionado–. ¡Tiene un sabor único que te hace interactuar con el alma! No se lee de la misma forma que un libro común, éste lo vas leyendo con los ojos del corazón

–Sí, tesoro, es verdad. ¡Este es un libro mágico!

Los once maestros mostraron respeto y fueron acallando su voz cuando el amor llegó. El árbol más sabio, el maestro de ese universo, dijo:

–Perdón, señor amor, no sabía que estabas junto a mí.

El amor dulcemente le dijo al maestro:

—Hoy aprenderás algo nuevo. Pediste perdón y no te lo doy.

—¿Por qué, amigo amor?

—Porque sólo perdona quien ha sido dañado. Cuando estás pleno de amor, permaneces en tu infinito centro de luz y nadie te puede dañar. Sin embargo, debes comprender que existe una gran diferencia entre perdonar y disculpar. Tú debes perdonar con infinito amor por tu propia salud mental y paz interna.

Si desde el momento en que alguien quiere dañarte tú lo perdonas, tu mente será más clara, tu alma estará más limpia y tu conciencia latirá en el momento presente donde se encuentra Dios, para así continuar atendiendo con amor la tarea siguiente.

Si no perdonas tú te haces daño, te enfermas, te limitas y no resuelves nada, pero además te quedarás conectado al pasado que ya no existe.

Esto no quiere decir que vas a permitir que alguien te dañe, definitivamente no, porque eres una persona única, irrepetible, y maravillosa. No disculparás, pues disculpar quiere decir quitar la culpa y eso sería ir en contra de la ley de compensaciones, en donde todo lo que siembras es lo que cosechas. Mira, te daré un maravilloso ejemplo, ¿recuerdas cuando un insensato baleó al Santo Padre? Éste, con infinito amor, acompañó en su celda a quien dañó su cuerpo y después beso su mano extendiendo su perdón. Pero aquel Santo Padre no lo disculpó, dejándolo en la cárcel para que purgara su condena.

El amor absoluto todo lo perdona, porque no hemos sido lastimados. Esta es una gran enseñanza y una valiosa reflexión para todos los protagonistas del cuento.

Los infinitos espacios del libro se abrieron para darle luz a los generosos senderos por donde caminaría el Gran Sembrador, de igual forma otros renglones del texto se volvieron veredas habitadas por mágicos protagonistas del cuento. Y aquel camino se abrió exactamente a la mitad del libro donde habitaba una laguna tranquila de agua cristalina. En el centro de aquella laguna dormida brotaba un manantial de agua viva, el agua de la gracia de Dios. Esta agua es la esencia misma de la imaginación, de la creatividad, la contenedora de la partícula de los sueños y la que hace volar al espíritu y a la tierra de todo lo posible. En las hojas del libro yacía la vida de los personajes del cuento; a estos únicamente se les da vida cuando el lector los hace suyos, cuando los imagina y cuando se vuelven parte del sueño de su vida. Desde la base del libro, los dos racimos de hojas encuadernadas con hilos de fe se mostraban como dos hermosas alas, como si éstas pertenecieran al espíritu tutelar, quien tenía a su cargo cuidar las vidas de los protagonistas del cuento.

Todos los árboles incluyendo los árboles maestros tenían su cúpula cuajada de frutos y flores y no había uno solo, por modesto que fuera, que no mostrara su abrigo de vida, esencia, legado y tradición. Las hojas, con diferentes tonalidades, se volvían espejos comunicadores que reflejaban, en su movimiento, los rayos de luz. Los robustos anillos de años acumulados también eran distinciones de sabiduría guardada con el correr del tiempo. La solidez de la estatura de los grandes maestros los mostraba como actores únicos en su género. Las piedras del camino también tenían vida, uno se daba cuenta porque, al más mínimo roce de un rayo de luz sobre su cuerpo, emitían un tierno sonido.

De pronto todo se volvió paz, quietud y atención a la tercera llamada para iniciar la obra, pues el más grande protagonista estaba por llegar. Fue naciendo el día, la luz y el amor. Aquel ser mágico, el gran protagonista, que todo lo sabe, tenía todas las respuestas, toda la ancestral sabiduría de los cuentos y mucho más.

Su voz, serena y dulce, desplegando en su tono toda la autoridad del universo, pidió que se formara una comisión de todos los representantes de este cuento. Expresó lo siguiente:

—A todos y a cada uno de ustedes les voy a conceder un privilegio y éste será elegir una pregunta que responderé con toda atención.

Aquel minúsculo valle despertó a los cuarzos milenarios, convocó a la montaña, al valle de bambú, a las flores, a los árboles con sus frutos y fue llamada la luna, así como todos los seres de aquel lugar para que todos unidos pensaran cuál sería la pregunta más adecuada y después dejarla a los pies de aquel Gran Sembrador.

Los maestros, después de haber escuchado un millón de preguntas, las resumieron todas en una sola: ¿Cómo se construyó el universo? Aquella genial pregunta llegó al Sembrador y este majestuoso Ser Divino respondió:

—Antes que nada les diré que todo nace en un instante, en una minúscula fracción del soplo divino. Todo lo crea Dios, pero será menester que exista un sonido, llamado armonía total entre toda su creación. Este sonido sólo es creado en la esencia del amor, si ustedes van descubriendo en su mundo cómo es esa esencia, ella les dará el sonido llamado armonía y, al ir amalgamando universos con ese barro, imitarán a Dios.

Todo ese hermoso valle calló y, agradecidos por tal sabiduría, cada uno, en su interior, hizo un llamado al amor.

Aquel Sembrador de estrellas con paso suave se retiró derramando de entre sus manos, en aquellos surcos, semillas de amor. Todos los protagonistas del cuento, incluyendo Diego y su abuelo fueron mágicamente acariciados por aquellas semillas.

Aquel lugar estaba inundado de paz, de reflexión y de amor, transformándose en un santuario en donde la quietud del alma nos abraza porque estamos reflexionando en el concepto más hermoso que Dios nos enseñó: el amor. Al final de una vereda, por donde seguramente se llegaba a alguna cabaña de tantas que existen en los cuentos, se escuchó una agradable voz, esta voz representaba los silencios dormidos de quien, no estando conforme con las explicaciones dadas, siempre desea saber más y es así que lanzó al viento la última pregunta por nadie imaginada:

—¿ Y dónde vive Dios?

Las voces de los maestros y del amor se unieron en una sola diciendo:

—Te diremos su dirección, ¿tienes en qué anotar?

Y, como sucede en los cuentos, apareció sobre la corteza de un cerezo un lienzo azul para dejar duplicados de la dirección de Dios a todos los protagonistas y lectores del cuento. Así respondieron:

—La dirección es el latir de tu vida en momento presente, haciendo lo correcto con amor. Su número es el ocho reclinado sobre la santidad de la meditación para volverse infinito.

—No entiendo, abuelo. ¿Realmente el momento presente es la casa de Dios?

—Así es, Diego, vivir en tiempo presente es manifestarte como el milagro pleno de la conciencia y respondiendo a la tarea de hacer lo correcto con amor. Esta dirección te lleva a lo perfecto, a la libertad y, por ende, a vibrar en la felicidad. Tú serás tan inmensamente feliz como lo sea la libertad en la que tu espíritu se mueva. La libertad no tiene cadenas ni eslabones que nos aten a los acontecimientos que ya se fueron o a los momentos que aún no vivimos. Deben existir en tu vida dos días que estén perfectamente bendecidos por Dios y que esos días jamás te inquieten. ¿Sabes cuáles son esos días hijo?

—Sí, abuelo, son sábado y domingo.

—No, mi niño, esos no son. Son ayer y mañana, ya que en el pasado no podemos cambiar nada y el futuro es una ilusión que no ha llegado.

—Abuelo, entonces, ¿por qué existe el tiempo?

—Porque es una manera de medir la vida, los días, los años, los meses y todo lo que acontece en el calendario. Según mi experiencia, existen dos tipos de tiempo. Uno es el tiempo implacable que no se detiene y en el que, si han pasado los años, no se podrán regresar. El otro tiempo es el que tú diseñas en tu orden virtual para acomodar tus asuntos por atender e irlos resolviendo, palomeando la lista de pendientes. Ese tiempo virtual es el que existe únicamente en el orden de las personas que tienen un buen método para vivir su vida. Este método del que te hablo implica tener conciencia de que existen ocho horas de sueño, ocho horas de trabajo y ocho horas de diversión. Cuando desajustamos estos tiempos sin aprovechar los otros o dejamos de cumplir con cada uno de ellos, entonces es cuando nuestra vida se vuelve desordenada. Muchas veces debemos aprender a saber decir *no* para poder ser los dueños de nuestras vidas, para hacer lo que debemos hacer con el plan maestro que debemos trazarnos, para darle sentido de dirección a nuestro caminar.

La dirección de la casa de Dios habla de meditar y esto no significa poner tu mente en blanco y no pensar en nada. Podrás aquietar tu intelecto y tu mente, pero recuerda que siempre y en todo momento la loca de la casa –la mente– te conectará con tus cosas del pasado, del presente no resuelto y del futuro cambiante. Invariablemente la mente pondrá un pensamiento ahí en tu cabeza para jugar con tu paz interna. Meditar es hacer de la vida un cotidiano acto consciente, sabiendo que en el universo no existe ni bueno ni malo, sino algo más impactante: consecuencias.

Todos tus actos generarán consecuencias, éstas pueden ser un beneficio colmado de bendiciones o un perjuicio igualmente colmado de horas muertas y amargas para que respondas por ellas.

Cuando deseamos ordenar nuestra vida, en los momentos en que nos hemos desviado del camino, siempre debemos reconocer que nuestra divinidad es la esencia unida a nuestro corazón en cada instante. No estamos divididos lo divino y nosotros, somos un solo átomo que se mueve en el universo perfecto de cada instante, en ese milagro llamado vida, y que, precisamente, ahí en la esencia de nuestra vida el Creador nos ha dado el libre albedrío para siempre rectificar.

En el silencio de la habitación aquellos espectadores disfrutaron el efímero y transitorio instante en que se vive un cuento. Se miraron uno al otro reconociéndose como dueños absolutos del reflexivo silencio.

Las hojas del cuento finalmente tomaron forma con la narración del abuelo, con lo vivido por Diego y con aquellos fieles testimonios que dejaron historia. Tomando entre sus brazos, el abuelo, a Diego lo guió hasta la ribera del cuento, ahí los abrazó la paz envuelta en el silencio del alma para guiarlos por los bastos senderos de la imaginación.

Aquel abuelo, con alma de cristal, cuajado de amor en las venas y sueños en sus ojos, fue abriendo los espacios plenos de silencios en el tiempo, para enseñarle a su nieto que ellos dos también se habían convertido en protagonistas del cuento, que nada era nuevo bajo el sol, que ellos dos eran seres ancestrales y viejos, interconectados en ese hilo del nudo infinito, en donde todos un día construimos un cuento. La historia estaba narrada, las emociones vividas y los recuerdos guardados ya estaban ahí, ya eran parte de los surcos de cada una de las parcelas llamadas hojas de una narración.

–Diego, somos como un tejedor de milagros en donde todo es posible –dulcemente comentó el abuelo–. ¿Recuerdas que cuando, al iniciar este cuento, te comenté que esta es una historia que se sigue contando, que las hojas vacías se llenarán con la magia de tus vivencias y que, tú, sin saberlo, iniciarás la escritura de tu propio cuento? Ese cuento lo seguiremos escribiendo de instante en instante hasta que hagamos de cada momento y de cada protagonista una vivencia en la eternidad.

En un instante, como almas gemelas, se vieron inmersos en el silencio. Con paso lento fueron hundiendo sus huellas en los surcos narrados de una hermosa historia para luego irse fundiendo en el espacio donde habitan hoy.

Como un susurro del viento, tanto aquel abuelo de luces y sueños como su nieto pleno de la gracia de Dios, fueron llenando sus espacios cantando:

¡Hoy encontré el camino
en el aquí y el ahora,
abrazado por lo divino!
Estoy en casa señora.

Soy esencia de un cuento
de silencios y calma.
Y con el pensamiento
narro las cosas del alma,
las cosas del corazón.

HASTA SIEMPRE DIEGO